POLYGRAPHIE.

POLYGRAPHIE

OU

L'ART DE CORRESPONDRE,

A l'aide d'un dictionnaire, dans toutes les langues, même dans celles dont on ne possède pas seulement les lettres alphabétiques.

Omnia probate et quod bonum est tenete. S. P.

Par ZALKIND HOURWITZ, ancien Interprète de la Bibliothèque Nationale.

PRIX, 9 fr.

A PARIS,

Chez l'AUTEUR, rue Coq-Héron, No. 5.

An 9.

AU LECTEUR.

Si vous n'êtes pas du nombre de ces amateurs bizarres qui, estiment moins les bons tableaux que les tableaux des bons maîtres, vous lirez cet Ouvrage avec toute l'attention que mérite l'importance du sujet, et si après l'avoir lu, vous trouvez quelques objections à me faire, vous voudrez bien me les adresser, franc de port; je m'empresserai d'y répondre, si je le puis, ou de convenir de mon erreur; mais à condition que vous ne me combattiez point avec des argumens métaphysiques, où vous auriez trop davantage sur moi qui, loin de posséder parfaitement l'anatomie de l'ame, suis encore aux premiers élémens de mon économie animale. D'ailleurs, vous ne gagnerez rien à cette victoire facile, si ce n'est la stérile gloriole d'avoir parlé le dernier, c'est-à-dire, de m'avoir vaincu, sans m'avoir convaincu de mon erreur; car, malgré la foiblesse de mes lumières, je n'ai point le bonheur évangélique d'être absolument pauvre d'esprit et de croire sans voir.

Il ne vous reste donc qu'un seul moyen de me détromper, c'est de me citer une phrase quelconque qu'il soit impossible de rendre substantiellement en Polygraphie ; je dis *substantiellement*, car je ne m'engage à rien de plus, et je préviens les orateurs et les poëtes que, s'ils n'écrivent point comme Salluste et comme Virgile, c'est-à-dire, si les beautés de leurs ouvrages ne consistent que dans la symétrie des mots souvent vides de sens, ils ne tireront aucun parti de ma méthode qui n'est faite que pour servir de véhicule aux idées exprimées d'une manière simple et naturelle.

Au reste, on ne doit pas être étonné de l'exiguité de cet Ouvrage, ni découragé à la vue de la multitude de signes dont il est rempli ; l'Ouvrage serait encore moins volumineux, si je n'étais pas obligé de multiplier les exemples et d'entrer dans les détails les plus minutieux, tant pour prévenir les chicanes des critiques de profession, *quibus somnium rixa facit*, que pour gagner la confiance de ces esprits forts ou timides qui, soupçonnant des finesses par-tout, ont de la peine à croire que des moyens simples puissent produire un grand effet.

Quant à la multitude de signes, on les trouvera tous réunis à la page 34 ; et comme ils parlent presque tous aux yeux, ils coûteront moins de tems qu'il n'en faut pour apprendre une seule déclinaison grecque ou latine.

Je finis par inviter tous les amis de l'humanité et de la raison à réfléchir sérieusement sur les maux résultans, pour l'une et pour l'autre, de la diversité des langues, dont je parle à la première page, et d'adopter ma méthode qui y remédie en grande partie, ou d'en indiquer une meilleure.

Si quid novisti rectiùs istis,
Candidus imperti ; si non, his utere mecum. Horace.

ERRATA.

PAGE 11, lignes 13 et 14, 1500 donec 1800 esse, *lisez* 1500 donec, 1800 esse.

Page 15, ligne 19, 1800|B 1200, 2500B, *lisez* B1800 | 1200,B 2500 |.

Page 24, ligne 16, Socrate sage, *lisez* Socrāte sāge,

Page 32, ligne 3, quelque. *lisez* quel.

Page 39, ligne 5, il dansera, *lisez* il a dansé.

Page 50, ligne dernière, au pluriel, A, *lisez* A

Page 59, ligne 12, au pluriel, C. *lisez* C.

Page 59, ligne 14, lire. *lisez* lire.

Page 61, ligne 11, | parler. *lisez* 'parler.

Page 72, ligne 6 mienx. *lisez* mieux.

Page 74, ligne 24, j'abserverai. *lisez* j'observerai.

Page 78, ligne 10, l'orthogrophe, *lisez* l'orthographe.

Page 81, tous les C réfléchis de cette page doivent être remplacés par des D réfléchis.

Page 87, ligne 8, le C réfléchi doit être remplacé par un D réfléchi.

Page 92, wille, *lisez* will

POLYGRAPHIE.

LES Héraclite qui se plaisent à faire l'énumération des misères humaines, et qui nous lisent avec emphase l'inventaire de la boîte de Pandore, y oublient toujours un article important, qui nous fait souvent souffrir les tourmens de Tantale. Cet article est la diversité des langues. En effet, quel tourment, et en même-tems quelle humiliation de regarder stupidement mon semblable, qui me serre affectueusement la main, sans pouvoir jouir de sa compagnie, faute de l'entendre, tandis qu'il est assez intelligible pour son cheval, sur-tout pour son chien et pour son éléphant !

Mais ce n'est que le moindre des maux résultans de la diversité des langues ; elle empêche souvent le malade de s'expliquer avec son médecin ; elle fait trembler le juge intègre qui, ne pouvant point interroger lui-même un accusé et des témoins, est obligé de s'en rapporter à la déclaration d'un interprète de la capacité duquel il n'est pas sûr. (1)

Enfin, ellé retarde les progrès des lumières, soit en interceptant la communication entre les

---

(1) Du moins en France, où il suffit d'être d'une conduite irréprochable pour se faire recevoir interprête des tribunaux.

Savans de diverses langues, soit en faisant perdre beaucoup de tems à ceux qui s'appliquent à l'étude des langues étrangères. (1)

---

(1) Il ne m'appartient pas de décider la fameuse question sur les anciens et les modernes ; mais je ne crains pas d'avancer que les premiers sont principalement redevables de leurs succès à l'orgueil national, qui leur a fait négliger l'étude des langues étrangères, ce qui leur a donné assez de loisir pour perfectionner leurs ouvrages. En effet, les Grecs ne possédaient, ou du moins, n'étudiaient que leur propre langue. Les Romains ne savaient que le latin et le grec ; ce dernier idiôme leur était presque aussi naturel que le premier, car ils l'apprenaient de leurs nourrices et de leurs esclaves grecs, et s'y perfectionnaient ensuite, soit à Athènes, soit parmi les Grecs savans de Rome ; mais les Grecs et les Romains auraient été bien embarrassés de trouver le temps pour limer leurs ouvrages, si, comme les modernes, ils étaient obligés de sacrifier dix à douze ans de leur jeunesse à l'étude de deux langues mortes, dont on n'a pas un seul dictionnaire complet, et où l'intelligence des mots est insuffisante pour celle des phrases, à moins d'avoir une parfaite connaissance des mœurs, des usages, de l'histoire et de la religion des peuples qui les parlaient, et dont il faut souvent chercher les traces sur des éclats de marbre et sur des jetons rouillés : sans parler des langues vivantes, ni de l'histoire de vingt nations, ni de plusieurs sciences réelles ou chimériques, inconnues de l'antiquité, et dont un savant moderne est obligé d'avoir, au moins, quelque teinture. Il résulte de tout cela, que les anciens étaient des fainéans

Ces réflexions m'ont si souvent importuné, qu'elles m'ont porté à chercher un moyen de remédier au mal en question, du moins en partie, et de suppléer au défaut d'une langue universellement parlée, par une écriture polygraphique, c'est-à-dire, une écriture qui fût l'inverse de toutes les nôtres, dans lesquelles on écrit cent mots d'autant de langues qu'on traduit ensuite par une seule idée, tandis qu'en polygraphie on pourrait exprimer une idée qu'on traduirait par cent mots.

Après m'être long-tems égaré dans mes recherches, et étant déjà sur le point d'y renoncer, je fus bien surpris de rencontrer la polygraphie toute formée, sortant, comme une autre Minerve, de la tête de l'inventeur des chiffres arabes. (1)

Cette découverte me parut si simple que, par cela même, elle m'inspira d'abord de la méfiance;

---

ou des esprits tardifs, en comparaison des modernes; ainsi l'indécision même où l'on est à l'égard de leurs ouvrages respectifs, décide en faveur des derniers, et suppose qu'avec le loisir, la langue et les dieux d'Homère, un Racine ou un Voltaire aurait fait des ouvrages plus considérables, plus réguliers et plus ingénieux que l'Iliade et l'Odyssée.

(1) On blâmera peut-être cette expression, mais elle exprime l'exacte vérité; la vue subite d'un papier chargé de chiffres m'a suggéré l'idée de cet Ouvrage.

si cette idée, me dis-je, n'était pas absurde, aurait-elle échappé à tous les savans qui, depuis Leibnitz, se sont occupés de la recherche d'une méthode polygraphique ?

Cependant, après y avoir bien réfléchi, et après plusieurs expériences faites sur diverses langues, je me suis parfaitement convaincu qu'en numérotant d'abord tous les mots simples (1) d'une langue donnée, et sur ce modèle ceux de toutes les autres, et en ajoutant aux numéros représentans ces mots, un petit nombre de signes pour en modifier le sens, il serait très-facile, non-seulement d'exprimer toutes les idées par chiffres, comme on exprime les nombres, mais encore de les rendre plus claires et plus précises qu'on ne le fait par l'écriture et par le style ordinaire, et cela sans exiger de l'écrivain ni du lecteur aucune réflexion métaphysique, pourvu qu'ils possèdent, l'un et l'autre les principes de la grammaire générale.

Pour faciliter l'exécution de ce projet, et pour prévenir en même-tems toute jalousie nationale, je prends pour modèle la langue latine, dont les dictionnaires se réimpriment, sans cela, presque

---

(1) C'est-à-dire, les nominatifs singuliers, les infinitifs, les adjectifs et les adverbes au positif; enfin tous les mots indéclinés ou indéclinables.

annuellement dans tous les pays pour l'usage des colléges. Je propose donc les mesures suivantes :

1.° Toutes les académies de l'Europe choisiront de concert le plus riche et le plus correct de tous les dictionnaires latins connus, et le feront réimprimer dans les langues de leurs pays respectifs, en deux parties, dont la première commencera par le latin.

2.° Tous les verbes latins commenceront comme ceux des langues vulgaires, par l'infinitif, de cette manière : *amare, amo, amas, amavi, amatum.* On observera la même méthode à l'égard de toutes les langues savantes.

3.° Toutes les phrases et tous les idiotismes seront mis au commencement de la ligne, et non au milieu, comme ils le sont dans quelques dictionnaires.

4.° Les mots équivoques, tant de la langue latine que ceux des autres langues, seront également mis à la ligne.

5.° Tous les articles de la première partie seront numérotés dans leur série naturelle, sans distinctions de mots et de phrases.

6.° Les numéros qui accompagneront les mots et les phrases latines dans la première partie, les suivront dans la seconde, nonobstant l'ordre naturel de cette seconde partie. Par exemple, si le mot *domus* est le 300eme article de la langue latine, on mettra dans le dictionnaire qui sera imprimé en France, à la première partie, 300 *domus, maison*. Et à la seconde partie, 300 *maison, domus*; quoique le mot *maison* puisse exiger dans cette partie un autre numéro, la même méthode sera observée dans tous les dictionnaires, de sorte que le numéro 300 signifiera : *domus* en latin ; *maison* en français ; *casa* en italien, espagnol et portugais ; *haüs* en allemand et en anglais ; *dvor* en russe ; *baïth* en hébreu, etc.

7.° Un mot étranger qui répond à plusieurs synonymes latins, ne portera dans la seconde partie que le numéro du premier de ces synonymes.

Par exemple, le mot français *boire*, répond à *bibere* et à *potare*; il sera donc répété deux fois à la première partie, et dans la seconde il ne portera que le numéro de *bibere*; de cette manière 30 (1) *boire, bibere, potare*.

8.° Un mot latin qui répond à plusieurs synonymes étrangers, portera le même numéro dans les deux parties. Par exemple, le latin n'a qu'un verbe *coquere*; l'allemand en a deux, *baken* pour le pain, *kochen* pour la viande : on mettra donc à la première partie 120 *coquere, baken*,

---

(1) Ce numéro, ainsi que tous ceux de cet Ouvrage, sont mis par supposition, c'est-à-dire, supposé que le mot *bibere* soit numéroté 30.

kochen; et à la seconde partie 120 *baken*, *coquere*, 120 *kochen*, *coquere*. Et ces numéros répétés ne seront comptés que pour un ; de sorte que, quelque riche que soit la langue qui commence la seconde partie, la somme de numéros de cette partie sera égale à celle de la première.

9°. Si une langue est moins riche que le latin, on suppléera au défaut par des périphrases, pour que la somme des numéros soit absolument la même dans les deux parties de tous les dictionnaires.

10°. Si l'on réimprime les Lexicons grec, hébreu, et ceux des autres langues savantes, on les numérotera de même sur le latin.

11.° Après les dictionnaires des langues, viendront ceux des arts et des sciences, qui seront également numérotés sur le latin, et ils se suivront dans l'ordre alphabétique, c'est-à-dire, que le premier numéro du dictionnaire d'agriculture fera suite au dernier de la langue latine. Après l'agriculture viendront successivement l'anatomie, l'architecture, la botanique, la chimie, etc. S'il n'existe point de dictionnaire latin, de quelque art ou science, on prendra à cet égard pour modèle un dictionnaire français qui aura été approuvé par l'Institut national. Au reste, on ne numérotera dans ces dictionnaires que les termes techniques, et non les mots et les phrases qui les expliquent.

Si ce projet est bien exécuté, il en résultera que les numéros d'un dictionnaire latin représenteront tous les mots simples de toutes les langues, par conséquent qu'il suffira de ce seul dictionnaire pour exprimer toutes les idées simples, dont le sens sera modifié par des signes qui les rendront parfaitement intelligibles pour toutes les Nations.

Avant d'aller plus loin, je dois prévenir le reproche de plagiat que pourraient me faire ceux qui connaissent l'Ouvrage de Kircher, intitulé : *Polygraphia sive artificium linguarum*, etc. où il propose aussi de numéroter les dictionnaires.

Je déclare que je n'ai connu cet Ouvrage que dix-huit mois après avoir présenté le mien à l'Institut national, et cette déclaration doit être d'autant moins suspecte que, loin d'attacher une grande importance à l'idée de numéroter les dictionnaires, je trouve cette idée si simple que je suis humilié de ne l'avoir pas conçue plutôt : faut-il, en effet, un grand effort d'esprit pour entrevoir que le numéro 50 par exemple, pourrait représenter ces trois mots : *equus*, *cheval*, *horse*, aussi bien qu'il représente ces trois autres : *quinquaginta*, *cinquante* et *fifty* ?

Voilà cependant à quoi se réduit le prétendu plagiat que j'aurais pu commettre, si j'eusse connu l'Ouvrage de Kircher avant la composition du mien ; car c'est la seule idée où je me suis rencontré avec ce savant jésuite : pour le reste, nous ne sommes nullement d'accord.

Il propose vaguement de numéroter les dictionnaires, sans prescrire aucune règle à cet égard, comme je viens de le faire. Il veut que tous les pronoms soient parfaitement déclinés, et tous les verbes auxiliaires complettement conjugués dans les dictionnaires. Pour moi, je n'ai pas besoin de cette précaution, qui d'ailleurs ne servirait de rien à l'égard des pronoms possessifs hébreux, et ceux des autres langues orientales qui s'expriment par des affixes et jamais autrement ; il est donc impossible de les décliner. Il grossit les volumes en remplaçant chaque mot du style ordinaire par un double numéro, tandis que moi, je les réduit presqu'au quart, en n'écrivant que les numéros représentans les mots simples. Il ne s'embarrasse point de difficultés résultantes de la diversité des syntaxes, et moi, j'ose me flatter de les avoir toutes prévenues. Les signes qu'il a adoptés ne représentent que les cas de la déclinaison, et seulement une partie de la conjugaison à l'indicatif ; au lieu que les miens expriment, non-seulement toutes les modifications grammaticales des langues les plus riches à cet égard ; mais encore un grand nombre d'autres qui ne se trouvent dans aucune langue, et auxquelles on est obligé de suppléer par de longues périphrases. Enfin, il ne dit rien de la polygraphie littérale dont je parlerai incessamment.

Pour mieux faire sentir la différence qu'il y a entre nos deux méthodes, supposons par exemple que l'idée exprimée en latin par *noscere*, soit numérotée 800, il faudrait donc, selon la méthode de Kircher, six numéros et quelques signes pour exprimer cette sentence : *Nosce te ipsum.* Pour moi, je l'exprime par un seul numéro de cette manière : 800 a.B̄. (1)

Aussi la méthode de Kircher n'a-t-elle point été adoptée, et plusieurs savans ont vainement cherché depuis une autre méthode polygraphique.

Manière d'écrire et de lire en polygraphie.

On écrira d'abord en style et en caractères ordinaires ; on réduira ensuite tous les mots déclinables, à leurs simples, c'est-à-dire les noms au nominatif singulier, les verbes à l'infinitif, les adjectifs et les adverbes au positif ; cette opération faite, on remplacera tous les mots par les numéros qui les accompagneront dans les dic-

---

(1) On verra dans la suite que B signifie *toi*, et B̄ *tu te*, que le petit *a* est la marque de l'accusatif, et que l'infinitif suivi d'un pronom devient impératif ; ainsi 800 a.B̄ signifie : connais-toi toi-même.

tionnaires, à l'exception des noms de nombre qui seront remplacés par des chiffres romains, et des pronoms qu'on exprimera par des lettres capitales, comme on le verra ci-après. On ajoutera enfin, aux numéros représentans les mots déclinables, les signes polygraphiques qui en indiqueront les cas, les nombres, les tems, et toutes les autres modifications.

Par exemple, pour faire entendre le sens de cette phrase : *donec eris felix, multos numerabis amicos.* Je mets les numéros qui accompagnent, dans le dictionnaire, les mots simples de cette phrase, et que je suppose être les suivans : 1500 *donec* 1800 *esse*; 1200 *felix*. . . . 2500 *numerare*; 12 *amicus*. Il est inutile d'exprimer le mot *multos* qui sera entendu implicitement. Je n'ajoute rien au premier numéro qui est indéclinable, et j'écris la phrase entière de cette manière : 1500, 1800B 1200, 2500B a.12. Le lecteur ayant trouvé dans le dictionnaire la signification de ces numéros, saura par les signes qui les accompagnent, que la phrase veut dire : *Tant que tu seras heureux, tu compteras beaucoup d'amis.*

On voit par cet exemple que, pour écrire et lire le latin, il suffira de la première partie du dictionnaire; mais pour les autres langues l'écrivain se servira de la seconde partie, et le lecteur de la première où les numéros se trouveront dans leur ordre naturel.

De la Polygraphie littérale.

En attendant la publication des dictionnaires numérotés, on peut faire usage de la Polygraphie littérale, à l'aide des dictionnaires ordinaires, c'est-à-dire, qu'on écrira en toutes lettres les mots simples auxquels on ajoutera les signes polygraphiques, et on aura soin de mettre en tête de l'écrit le nom de la langue dans laquelle il sera composé, (1) pour que le lecteur sache quel dictionnaire consulter. Si je veux, par exemple, faire entendre le sens de cette phrase : *Jo non mi sono inganato più di te*, je mets en tête : *Italiano*, et j'écris la phrase de cette manière : Â | *inganare* +B. Le lecteur ayant trouvé dans son dictionnaire italien la signification de ce mot, saura que la phrase veut dire : *Je ne me suis pas trompé plus que toi.*

Outre le mérite principal de la Polygraphie, qui est de servir de communication aux idées, elle aura encore plusieurs autres avantages. Elle fera connaître, au premier aspect, de quelle partie de l'oraison est chaque mot, ainsi que

(1) Les Allemands appellent leur langue *Teutche*. Comme ce nom n'est guère connu des étrangers, ils mettront en tête de leurs écrits *germanicè* qui est généralement connu.

toutes ses modifications : de sorte, qu'on aura le plaisir d'entendre la majeure partie d'un écrit en langue étrangère, sans le secours du dictionnaire. Cette phrase par exemple : C┼lO*qui*, ne sera pas plus obscure pour un ignorant absolu en latin, que ne le serait celle-ci : *Olim locutus est sublimè*, pour un latiniste qui aurait oublié la signification de *loqui.* Elle réduira considérablement les gros volumes ; elle fera disparaître toutes les irrégularités, puisqu'on n'y écrira que des mots simples. Elle facilitera la lecture des manuscrits ; car on n'y écrira que fort rarement quatre mots de suite. Elle détruira, enfin, toutes les équivoques résultantes de la déclinaison et de la conjugaison. (1) Je ne parle que de la Polygraphie littérale, car dans celle par chiffres, il n'y aura absolument aucune équivoque, puisque chaque mot ambigu portera autant de numéros différens qu'il aura de significations. Un autre avantage de la Polygraphie par chiffres, c'est qu'elle soulagera considérablement la mémoire, c'est-à-

---

(1) En latin par exemple, le mot *mensis* signifie *mois*, *du mois*, *aux tables et des tables* ; *amare* veut dire : *aimer*, *tu es aimé*, et *sois aimé*. Toutes ces équivoques ne peuvent pas avoir lieu en Polygraphie, où toutes les modifications grammaticales seront parfaitement distinguées.

dire, qu'il sera beaucoup plus facile d'apprendre par cœur les numéros d'un dictionnaire que les mots qui les accompagneront ; en voici la preuve : Que l'on lise à un Français ignorant, qui ne connaît que son pays, ces deux adresses : *Pierre demeure à Lyon, en France. Jacques demeure à Krose en Samogitie.* Il est certain qu'il n'oubliera jamais la première adresse, dont il connaît tous les noms, s'il retient seulement le rapport de Pierre avec Lyon ; mais il lui faudra un plus grand effort de mémoire pour retenir la seconde adresse, dont il ne connaît que le nom de Jacques ; car il sera obligé de s'inculquer dans la tête ; 1.° le nom de Krose ; 2.° le nom de Samogitie ; 3.° le rapport qu'il y a entre ces deux noms ; 4.° enfin, le rapport de Jacques avec Krose. Il en est précisément de même de ces deux phrases : Le n.° 100 signifie dans toutes les langues *couteau.* Sakino en syriaque signifie *couteau.* La première de ces phrases, dont tous les mots nous sont familiers, n'exige d'autre effort de mémoire que de retenir le rapport du numéro 100 avec *couteau ;* tandis que l'autre demande que l'on retienne : 1.° le mot *sakino ;* 2.° le mot *syriaque ;* 3.° le rapport qu'il y a entre ces deux mots ; 4.° le rapport de *sakino* avec *couteau.* Il est donc évident qu'il sera plus facile de retenir les numéros d'un dictionnaire composant la langue idéale et universelle, que les mots de ce même dictionnaire, qui ne forment qu'une seule langue.

De l'Ecriture Polygraphique.

Il n'est pas nécessaire de posséder une langue pour l'écrire en polygraphie ; on peut en ignorer jusqu'aux premiers élémens et jusqu'aux lettres alphabétiques ; il suffit de les copier exactement du dictionnaire. Un Français, par exemple, qui voudrait faire entendre en hébreu le sens de cette phrase : *Je lui ai vendu mes chevaux*, copiera du dictionnaire français et hébreu, les figures qui accompagnent ces deux mots : *vendre*, *cheval*, auxquels il ajoutera les signes et les pronoms polygraphiques. Le lecteur cherchera dans son dictionnaire commençant par l'hébreu, la signification de ces figures et les signes lui apprendront le reste de la phrase. (1)

---

(1) En écrivant en style ordinaire, on est souvent obligé de se servir d'une langue que l'on n'est pas sûr d'être bien entendue du correspondant. On peut remédier à cet inconvénient, du moins en partie, en mettant les adverbes et les autres mots indéclinables, en français ou en latin : ces mots, dont le lecteur saura la signification par le dictionnaire, lui faciliteront l'intelligence du reste de la lettre, bien entendu qu'on soulignera ces mots.

Les noms propres qui sont les mêmes, ou à peu près les mêmes dans toutes les langues, ainsi que les titres insignifians de duc, marquis, comte, etc. seront écrits en toutes lettres, même dans la Polygraphie par chiffres, pour épargner au lecteur la peine de les chercher dans le dictionnaire.

En écrivant pour le public, on fera bien de n'employer que la langue française ou latine, dont les dictionnaires sont très-communs dans toute l'Europe et dans toutes les colonies européennes. Mais dans les lettres particulières, on peut se servir de toute langue dont le correspondant possède le dictionnaire. On écrira en langue et en caractères arabes aux asiatiques et aux africains.

DE LA GRAMMAIRE POLYGRAPHIQUE.

Comme la Polygraphie n'enseigne ni le français, ni le latin, ni aucune autre langue particulière, mais la langue idéale et cosmopolite, la grammaire de cette langue ne peut admettre que des principes généraux fondés sur la raison (1), qui ne souffrent aucune exception. Elle

(1) Rien de plus absurde que ces grammaires prétendues raisonnées, dont les auteurs, aussi exclusifs que les

rejette, en conséquence, les articles, la différence des genres (1), la plûralité des déclinaisons et des conjugaisons, le nombre duel, les doubles pronoms et tous ces autres ornemens factices, particuliers à certaines langues, qui ne servent qu'à en rendre l'étude plus pénible, tandis qu'elles manquent d'expressions nécessaires, auxquelles on est obligé de suppléer par des périphrases qui embarrassent les étrangers et par leur construction, et par leur longueur qui

---

théologiens, s'efforcent à prouver, chacun de son côté, que la langue et l'ortographe de son pays et de son tems, malgré leurs nombreuses irrégularités, sont fondées sur la raison! J'observerai à cette occasion que, quelques grammairiens français prétendent que leur langue n'a point de cas, et que ces mots *le*, *du*, *au* sont des prépositions. Il est vrai qu'à la rigueur on pourrait leur donner cette dénominatiou, puisqu'ils sont *préposés*, mis avant le nom; cependant il y a une différence entre ces mots qui changent du singulier au pluriel, et du masculin au féminin, et les prépositions proprement dites qui sont indéclinables.

(1) Cette bisarre distinction s'étend jusques sur les choses animées, et jusques sur les mots synonimes d'une même langue, comme *roche* et *rocher* en français; en alllemand *fraü* est féminin, tandis que *frauenzimer* et *weib* sont neutres, quoique tous les trois signifient *femme*. En Polygraphie il n'y aura d'autre distinction de genre que celle dontje parlerai à l'article des pronoms.

oblige de consulter trop souvent le dictionnaire.

J'ose donc me flatter que le lecteur, loin d'être choqué des innovations que je me suis permises, me saura gré de lui avoir facilité l'intelligence de toutes les langues, et même de la sienne propre; car, encore une fois, il y aura beaucoup moins d'équivoques dans la Polygraphie littérale que dans le style ordinaire, et pas une seule dans celle par chiffres.

De la déclinaison.

Il n'y aura qu'une seule déclinaison où tous les cas obliques seront indiqués par des lettres initiales, comme ils le sont dans toutes les grammaires, et pour distinguer l'ablatif de l'accusatif; le premier sera exprimé par cette syllabe *ab*. Je néglige le vocatif qui s'exprime dans toutes les langnes par l'interjection *ó*. Les lettres initiales indicantes les cas, seront écrites en petits ou moyens caractères, et non en capitales, pour qn'on ne les confonde pas avec les pronoms dont je parlerai ci-après. Le pluriel ne sera distingué que par un accent aigu mis sur le mot.

Supposons que l'objet qu'on appelle en latin

pater soit numéroté dans les dictionnaires de toutes les langues 3ooo. Voici la manière de le décliner.

SINGULIER.	PLURIEL.
Nominatif. . . 3ooo le père.	Nominatif. . . 3óoo les pères.
Génitif. . . g. 3ooo du père.	Génitif. . . g. 3óoo des pères.
Datif. . . . d. 3ooo au père.	Datif. . . d. 3óoo aux pères.
Accusatif. a. 3ooo le père.	Accusatif. a. 3óoo les pères.
Ablatif. . ab. 3ooo du père.	Ablatif. . ab. 3óoo des pères.

Autre exemple en Polygraphie littérale.

Nominatif. *mater*. la mère.	Nominatif. *máter*. les mères.
Génitif. g. *mater*. de la mère.	Génitif. g. *máter*. des mères.
Datif. d. *mater*. à la mère.	Datif d. *máter*. aux mères.
Accusatif. a. *mater* la mère.	Accusatif. a. *máter*. les mères.
Ablatif. ab. *mater*. de la mère.	Ablatif. ab. *máter*. des mères.

L'accent mis sur le nom indique vaguement un pluriel indéfini ; s'il est sous le nom, il marque seulement un petit nombre indéterminé. Ainsi, *chéval* signifie chevaux, plusieurs chevaux, ou beaucoup de chevaux ; mais *cheval* veut dire quelques chevaux, ou peu de chevaux. Cet accent, au reste, doit être absolument aigu ; le grave et le circonflexe auront d'autres significations.

De l'Adjectif.

Le français et plusieurs autres langues sont assez pauvres en adjectifs formés de substantifs : on dit bien d'*an*, *annuel* ; de *jour*, *journalier* ; mais de *mois* on ne dit pas *moisel*, ni de *semaine*, *semainel*, comme on dit en allemand *monatlich*, *wochentlich*.

Pour suppléer à ce défaut, j'ai emprunté le circonflexe grec qui, mis sur un substantif, le changera en adjectif ; comme *jour*, journalier ; *nuit*, nocturne ; *mois*, moisel ; *semaine*, semainel. Le même signe indiquera la patrie, la religion, la profession, la matière, etc. comme *France*, français ; *Paris*, parisien ; *Bordeaux*, bourdelois ; *Christ*, chrétien ; *Mahomet*, mahométan ; *Luther*, luthérien. *Vin*, marchand de vin, *vinarius* ; *Papier*, marchand de papier. *or*, d'or, *aureus* ; *argent*, d'argent, *argenteus* ; *bois*, de bois, *ligneus*, etc.

Pour exprimer les adjectifs *haut* et *bas*, il suffira de hausser ou de baisser une lettre du mot, comme *m^{o}ntagne* haute montagne, *Pr$_{i}$x* bas prix (1). Mais haut et bas substantifs, seront

(1) On dira que cette maniere d'écrire sent le calembourg ; mais qu'importe si ce calembourg abrege le style,

exprimés en toutes lettres, comme : le *haut* de la montagne, le *bas* de l'escalier.

De l'Augmentatif et du Diminutif.

L'italien et le russe sont les plus riches de toutes les langues en augmentatifs et en diminutifs ; les plus pauvres à cet égard sont l'hébreu et le français, qui n'ont que fort peu de diminutifs et pas un seul augmentatif (1). En Polygraphie, toute espèce de grandeur, soit en quantité (2),

---

s'il rend plus clair ce monosyllabe : *s°l* pour les ignorans absolus en latin, que ne l'est cette phrase : *sol percurrens medium suum orbem*, pour un écolier en quatrieme ? Ajoutez à cela qu'en latin et dans plusieurs autres langues les idées *de haut* et *bas* s'expriment de diverses manières selon les phrases ; il vaut donc mieux commettre un petit calembourg que de s'engager dans les difficultes grammaticales.

(1) Quelques grammairiens prétendent que *salon* est l'augmentatif de *salle*. Pour moi, je crois qu'il en est plutôt le diminutif, comme *aiglon*, *ourson* le sont d'*aigle* et d'*ourse*; d'autant plus que la plupart des salons de Paris sont moins grands que la salle de l'Opéra de cette ville.

(2) Excepté les numériques qui, comme on a vu plus haut, seront exprimés par l'accent aigu, on écrira donc *maíson*, plusieurs maisons ; *maison*, quelques maisons ; *lívre* et *scĭence*, beaucoup de livres et peu de science.

soit en qualité, sera exprimée par un de ces trois signes ‒, ᵕ, ᵥ, de la prosodie, que j'appelle *grand*, *petit* et *médiocre*. Les deux premiers répondront aux mots latins *magnum* et *parvum* ou *parum*, qui signifient tantôt *grand* et *petit*, tantôt *beaucoup* et *peu*, et ils seront mis sur les substantifs, sur les adjectifs, sur les verbes et sur les adverbes ; le premier sera la marque de l'augmentatif, le second celle du diminutif, et le troisième celle de la médiocrité.

Exemple du substantif.

M̄aison grande maison ; *m̆aison* petite maison ; *m̌aison* une maison de moyenne grandeur ; de sorte que les mots *grand*, *petit* et *moyen* ne seront jamais exprimés, même en l'absence du substantif, comme dans cette phrase : je ne veux pas le *grand*, donnez-moi le *petit* ; car alors on mettra les signes sur le relatif *le*, comme on le verra dans la suite. Mais ils seront exprimés au superlatif absolu dont je parlerai incessamment.

Autre exemple.

Ēau beaucoup d'eau ; *v̆in* peu de vin ; *p̌ain* assez de pain ; *esp̄rit* et *sav̆oir* beaucoup d'esprit et peu de savoir.

Exemple de l'adjectif.

Riche très-riche ; *grand* très-grand ; *petit* très-petit ; *habile* assez habile ; *adroit* peu adroit. Si le mot marqué d'un de ces signes est suivi de la prépositon *pour*, alors il sera relatif et signifiera *trop*, comme : *grand pour moi* trop grand pour moi ; *petit pour lui*, trop petit pour lui ; *riche pour elle* assez riche pour elle : on verra dans la suite l'influence de ces signes sur les verbes et sur les adverbes.

Des dégrés de l'adjectif.

On vient de voir la manière d'exprimer le superlatif absolu ; le comparatif et le superlatif relatif seront exprimés par ces trois signes algébriques : +, —, =, plus, moins et égalité, comme : *Cicéron éloquent + Hortense*, Cicéron est plus éloquent qu'Hortense. *Pompée heureux — César*, Pompée est moins heureux que César. *Crassus riche = Lucullus*, Crassus est riche comme Lucullus. *Paris + Lyon*, Paris est plus grand que Lyon ; *Marseille — Bordeaux*, Marseille est moins grande que Bordeaux.

Ces deux lignes = qui marquent l'égalité doivent être de la même longueur ; si l'une d'elles est un peu plus longue que l'autre, elle signifieront, comme il suit, == presque ; == environ ; == au moins ; == tout au plus ; == plus ou moins ; comme *Rome* == *Paris*, Rome est presque aussi grande que Paris ; == X *lieues* ; environ dix lieues ; == XII *francs*, au moins douze francs ; == XV *ans*, tout au plus quinze ans ; == *riche*, plus ou moins riche.

Ces signes, ainsi que tous ceux de la Polygraphie, auront toujours la signification des mots auxquels ils répondent, comme : *heureux* + *sage*, plus heureux que sage ; *je n'en veux* + ; *il m'en faut* —, etc.

Le superlatif relatif sera exprimé comme le comparatif, auquel on ajoutera la marque du génitif, comme : *Socrate sage* + *g. Grèce*, Socrate le plus sage de la Grèce ; *Caton vertueux* + *g. Romain*, Caton le plus vertueux des Romains ; *Claudius prudent* — *g. empéreur*, Claudius le moins prudent des empereurs.

Des Nombres.

Les nombres déterminés seront exprimés en chiffres romains, qui sont plus propres que les arabes pour toute espèce de nombre, comme on le verra dans les paradigmes suivans. Le circonflexe sera la marque du négatif, tant dans les nombres que dans toutes les parties de l'oraison.

Nombres cardinaux.

I, II, III, IV, V, L, C, M, un, deux, trois, quatre, cinq, etc. I plusieurs ; I quelques-uns ; Î aucun, pas un, rien.

Nombres ordinaux.

SINGULIER.

I, II, III, IV, V, X, L, C, M, premier, second, troisième, quatrième, etc. I dernier.

PLURIEL.

I, II, III, IV, L, D, M, les premiers, les deux, les trois, les quatre, les cinquante, les cinq cents, les mille premiers.

I les derniers ; I quelques premiers ; I quelques derniers ; X les dix derniers ; D les cinq cents derniers ; M les mille derniers.

On ajoutera le même point aux substantifs, comme : *maison* la première maison ; *maison* la dernière maison ; *livre* les premiers livres ; *volume* quelques derniers volumes. Ce point, au reste, doit être mis vers le milieu du mot ; si on le met au commencement, il indiquera le commencement d'une chose, et à la fin, il en marquera la fin, comme : *année* le commencement de l'année ; *année* la fin de l'année ; *maison rue* la première maison au commencement de la rue ; *jour mois* la fin du jour du dernier mois. Si le mot commence ou finit par un *i*, on fera cette lettre *tréma*, comme *jour* le commencement du jour.

Nombres collectifs.

Le Français dit indifféremment une centaine et un cent, un millier et un mille ; j'ai adopté cette méthode pour tous les nombres collectifs qui ne différeront guère des cardinaux, comme : I.II une paire ou un couple ; I.V un quine ; I.X une dixaine ; I.XII une douzaine ; I.C une centaine ; I.M un millier ; I.C plusieurs centaines ; I.M quelques milliers ; I.X la première dixaine ; III.XII les trois dernières douzaines.

Ainsi, il nous a donné X francs *decem francos*, signifie dix francs à nous tous ; mais il nous a donné I.X *denos francos*, veut dire dix francs à chacun de nous.

Nombres multiplicatifs.

~~II~~ double ; ~~III~~ triple ; ~~X~~ décuple ; ~~XII~~ douze fois autant ; ~~MXIII~~ mille treize fois autant.

Nombres distributifs et alternatifs.

X—X dix à dix ; V⁀X tantôt cinq, tantôt dix. On peut employer ces deux signes dans plusieurs autres phrases, comme : *quitte — quitte* quitte à quitte ; + ⁀ — tantôt plus, tantôt moins ; *haut ⁀ bas* tantôt haut, tantôt bas.

Ces quatre signes ◡, ⌒,), (seront mis sous les substantifs et sous les adjectifs ; le premier aura la valeur de *col* en hébreu, et d'*all* en anglais, qui signifient tantôt *tout entier*, tantôt *chaque* et tantôt *tous*, selon le sens de la phrase. Le second signifiera la *partie* ou *en partie*. Le troisième indiquera *la majeure partie* ou *la plupart*, et le quatrième *la moindre partie*. Par exemple, *maison* toute la maison ou chaque maison, selon le sens de la phrase ; *maison* toutes les maisons ; *maison* une partie de la maison ; *maison* une partie des maisons ; *maison* la majeure partie de la maison ; *maison* la plupart des maisons ; *maison* la moindre partie de la maison ; *maison* la moindre partie des maisons. *Blanc* tout blanc ; *blanc* et *noir* partie blanc, partie noir. les parties déterminées seront exprimées à l'ordinaire, en chiffres arabes ; $\frac{2}{3}$ deux tiers ; $\frac{3}{4}$ trois quarts.

Le nombre de fois sera exprimé par une apostrophes, comme I', une fois ; II', deux fois ;

X', dix fois. En ajoutant un point à l'apostrophe, il marquera le nombre d'année, comme vin III; vin de trois feuilles, *merum triennum*. S'il s'agit de l'âge d'un homme, il suffit de mettre le nombre, sans ajouter aucun mot, comme III; , enfant de trois ans, *trimus*, L;, quinquagenaire, C;, centenaire.

DES PRONOMS.

J'ai dit plus haut qu'il n'y aura ni distinctions de genres, ni doubles pronoms ; je fais cependant deux exceptions à ces règles, l'une à l'égard de la troisième personne du pronom personnel, pour me conformer à l'usage de toutes les langues, l'autre à l'égard des pronoms possessifs singuliers, où, pour prévenir une équivoque, je suis obligé de distinguer entre le conjonctif et l'absolu, comme on le verra dans le paradigme.

Tous les promoms seront exprimés par des lettres capitales, selon l'ordre alphabétique. La lettre O qui a la figure du zéro, marquera l'impersonnel *on* et *il*, mais il ne sera exprimé qu'au présent, et non au passé ni au futur ; on en verra le motif dans la conjugaison.

Pronoms personnels.

SINGULIER.		PLURIEL.	
A.	Je ou moi.	Á.	Nous.
B.	Tu ou toi.	B́.	vous
C.	Il ou lui.	Ć.	Ils ou eux.
D.	Elle.	D́.	Elles.
O.	On.		
Ô.	Personne, aucun.		

A.	Moi-même.	Á.	Nous-mêmes.
B.	Toi-même.	B́.	Vous-mêmes.
C.	Lui-même	Ć.	Eux-mêmes.

Pronoms réfléchis.

SINGULIER.		PLURIEL.	
A.	Je me.	Á.	Nous nous.
B.	Tu te.	B́.	Vous vous.
C.	Il se.	Ć.	Ils se.
O.	On se.		
Ô.	Personne ne se.		

Fronoms possessifs.

	DOUBLEMENT SINGULIER.		PLURIEL.
E.	Mon, ma, le mien, la mienne.	E.	Notre, le nôtre, la nôtre.
F.	Ton, ta. le tien, la tienne.	F.	Votre, le vôtre, la vôtre.
G.	Son, sa, le sien, la sienne.	G.	Leur, le leur, la leur.

E.	Mon, ma, le mien, la mienne propre.	E.	Notre, le nôtre, la nôtre propre.
F.	Ton, ta, le tien, la tienne propre.	F.	Votre, le vôtre, la vôtre propre.
G.	Son, sa. le sien, la sienne propre.	G.	Leur, le leur, la leur propre.

	Pluriel de la chose possédée. CONJONCTIF.		*Doublement pluriel.* CONJONCTIF.
E.	*cheval*, mes chevaux.	E.	*cheval*, nos chevaux.
F.	*cheval*, tes chevaux.	F.	*cheval*, vos chevaux.
G.	*cheval*, ses chevaux.	G.	*cheval*, leurs chevaux.
	ABSOLU.		ABSOLU.
E′.	Les miens, les miennes.	E′.	Les nôtres.
F′.	Les tiens, les tiennes.	F′.	Les vôtres.
G′.	Les siens, les siennes.	G′.	Les leurs.

Pronoms Démonstratifs.

SINGULIER.	PLURIEL.
H. Celui-ci, celle-ci, ceci.	H́. Ces, ceux-ci, celles-ci.
J. Celui-la, celle-la, cela.	J́. Ces, ceux-la, celle-la.

Pronoms relatifs.

SINGULIER.	PLURIEL.
K. Qui, celui qui, celle qui, le (1), ce que, lequel, laquelle.	Ḱ. Qui, ceux qui, celles qui, lesquels, lesquelles.

Pronoms interrogatifs.

K? Quoi? qui? lequel? laquelle?	Ḱ? Qui? lesquels? lesquelles?

Pronoms impropres.

L, Quelqu'un, un certain, qui que ce soit, quel que ce soit, quoi que ce soit.	Ĺ. quelques-uns, certains, qui que se soient, quelques se soient.

(1) C'est-à-dire, *le* indéclinable qui se rapporte à une phrase, comme : On dit que la paix est déjà signée, mais je ne *le* crois pas; ou lorsqu'il est relatif à un adjectif, comme, quand on demande à une femme : Etes-vous mariée? elle répond : Oui, je *le* suis : ces deux *le* seront exprimés par la lettre K. Mais *le*, *la*, *les* relatif aux substantifs, comme je *le* cherche, je *la* trouve, etc. seront exprimés a.C, a.D, a.Ć, a.D́.

M. Cette lettre exprimera l'indifférence de la qualité, ou celle du degré de la qualité, comme: M. *tems*, quelque tems qu'il fasse; M. *riche* C, quelque riche qu'il soit.

On peut ajouter à tous les pronoms le point emphatique, qui signifie *même*. Ce point servira en même tems à faire connaître que le pronom qui en est affecté est le nominatif du verbe, et qu'il faut le traduire en latin par *se*, *suus*; *sibi*; ce qui préviendra l'équivoque des phrases suivantes. Pierre m'a parlé de l'affaire où il est impliqué avec Paul, et il m'a prié de *le* défendre, ou de défendre *sa* cause, ou de *lui* prêter mon ministère. On ne sait pas si ces pronoms *le*, *sa*, *lui* se rapportent à Pierre ou à Paul. Mais on le saura en Polygraphie, où ces pronoms seront affectés d'un point a.C, a.G, d.C, lorsqu'ils seront relatifs à Pierre qui est le nominatif du verbe; autrement, ils seront écrits sans point.

Au reste, tous ces pronoms seront déclinés comme les noms, et on y ajoutera tous les signes qui conviennent aux substantifs, comme A *quelques-uns de nous*, B́ *vous tous*, Ć *une partie d'eux*, Â+B́ *je ne suis pas plus grand que la plupart de vous autres.*

DE LA CONJUGAISON.

Il n'y aura qu'une seule conjugaison, sans aucun

verbe auxiliaire. Tous les modes, tous les tems et toutes les personnes seront exprimés par l'infinitif, comme on exprime souvent en latin l'imparfait ou le parfait (1), et comme on exprime toujours en allemand et en anglais une partie du présent et tout le futur.

Le nominatif sera toujours mis avant le verbe, excepté à l'impératif et à l'interrogatif, où il sera mis après.

La plupart des langues européennes ont plusieurs passés, qui sont presque tous synonimes, à quoi on ajoute encore des mots et même des phrases pour faire connaître si la chose est passée depuis peu ou depuis long-tems. En Polygraphie, tout ce verbiage sera remplacé par trois signes, que j'appelle *imparfait* ou *passé récent*; *parfait* ou *passé simple*, et *plusque-parfait* ou *passé éloigné*. Les mêmes signes exprimeront les trois futur, c'est-à-dire, *prochain*, *simple* et *éloigné*.

En français et dans la plupart des autres langues, l'infinitif, l'impératif et le participe n'ont que le tems présent, et pour les exprimer dans les autres tems, on y supplée par de longues phrases; en Polygraphie, il suffira de deux signes pour exprimer toutes ces modifications. Au

(1) Comme *Primo singulos appellare, hortari alios, alios tentare; opes suas imparatam rem publicam, magna præmia conjurationis docere.* Saluste. Bel. Catil. cap. X. On en trouve cent autres exemples dans les chapitres suivans.

reste, le participe n'y sera pas équivoque, comme il l'est dans plusieurs langues; en français, par exemple, on ne sait pas si *joueur* signifie celui qui joue actuellement, ou un joueur de profession. On n'y distingue pas non plus le verbe réfléchi du réciproque : par exemple, *nous nous flattons* signifie *chacun de nous se flatte soi-même*, et *nous nous entreflattons*. Toutes ces équivoques disparaîtront en Polygraphie.

Tous les signes dont j'ai parlé plus haut, et quelques autres seront ajoutés à l'infinitif où ils exprimeront non-seulement le *fréquentatif* et l'*inchoatif* du latin, mais encore un grand nombre de modifications qui ne se trouvent dans aucune langue; de sorte que 53 signes exprimeront plus de vingt mille phrases du style ordinaire (1).

TABLEAU

DES MODIFICATIONS DU VERBE.

1. *lire*\ , lire vîte (2).	2. *lire*/ , lire lentement.

---

(1) On ne trouvera pas cette assertion exagérée, quand on aura multiplié par 53, qui est le nombre des infinitifs qu'on va lire, toutes les phrases composant une conjugaison complette, c'est-à-dire, en actif, passif, réfléchi et réciproque, y compris toutes les périphrases par lesquelles on exprime les modifications qui manquent dans le style ordinaire.

(2) La ligne descendante de gauche à droite est l'image de la rapidité, et la montante celle de la lenteur.

3. *lire* \/ , lire d'abord vîte et après lentement.

4. *lire* /\ , lire d'abord lentement et après vîte.

5. *lire* < , lire l'un vîte et l'autre lentement (parlant de deux lecteurs).

6. *lire* > , lire l'un lentement et l'autre vîte (parlant de deux écrits.

7. *līre* , lire beaucoup.

8. *lĭre* , lire peu.

9. *lǐre* , lire assez.

10. *lire* = , lire autant.

11. *lire* ≐ , lire presqu'autant.

12. *lire* ≕ , lire au moins.

13. *lire* ≔ , lire tout au plus.

14. *lire* ≡ , lire environ.

15. *lire* ≒ , lire plus ou moins.

16. *lirè* , faire lire.

17. *llire* , lire souvent (1).

18. *l i r e* , lire rarement (2).

19. *lire...* , continuer à lire.

20. *llire...* , lire toujours (3).

---

(1) La répétition de la première lettre est l'image de celle de l'action. Si le mot commence par une double lettre , comme : *llamar* , *llorar* en espagnol , on triplera cette lettre. En Polygraphie par chiffres , au lieu de doubler le premier chiffre du numéro , qui le ferait prendre pour un autre , on le fera précéder d'un zéro. Ainsi , si 800 signifie *lire* , 0800 signifiera *lire souvent*.

(2) C'est l'image de l'idée exprimée en latin par le mot *rarum* qui signifie une chose difficile à trouver , et une chose dont les parties sont écartées : de là vient le verbe *rare facere* , et en français *raréfier*.

(3) On ne fera que trois points pour distinguer ce signe de l'aposiopésis , où l'on en fera davantage.

21. *l ire*, manquer de lire (1).
22. *lire*, lire tout.
23. *lire*, lire une partie.
24. *lire*, lire la majeure partie.
25. *lire*, lire la moindre partie.
26. *lire*, ne pas lire.
27. *lire*, *écr.re*, ni lire, ni écrire.
28. *lire—écrire*, tantôt lire, tantôt écrire.
29. *lire+*, lire plus.
30. *lire—*, lire moins.
31. *lire+*, lire beaucoup plus.
32. *lire+*, lire un peu plus.
33. *lire —*, lire beaucoup moins.
34. *lire—*. lire un peu moins.
35. *lire/*, lire ensemble.
36. *lire\/*, lire séparement, chacun de son côté.
37. *lire*, lire alternativement.
38. *lire*, commencer par lire.
39. *lire*, finir par lire.
40. *parler*, commencer à parler.
41. *parler*, finir de parler.
42. *pArler*, parler avec éloquence (*magniloquentia.*)
43. *p*a*rler*, parler d'un style bas.
44. *'parler*, parler laconiquement.
45. *paler*, parler à contre sens.
46. *p*a*rler*, parler haut (2).
47. *p*a*rler*, parler bas.
48. *p*a*rl*e*r*, parler d'abord haut et ensuite bas.
49. *p*a*rl*e*r*, parler d'abord bas et après haut.
50. *agir()*, agir de concert.
51. *agir)(*, agir en sens divers ou se contre-carer.

---

(1) C'est encore l'image de l'expression latine *parum abesse* être peu distant : comme, *parum abfuit quin occideretur*, il y manqua peu qu'il ne fût tué ; c'est-à-dire, qu'il était peu éloigné de la mort.

(2) Voyez la note, page 20.

52. agir, agir par interruption, à plusieurs reprises	53. agir I, agir seul ou seulement (1).

A quoi il faut ajouter les trois suivans *inviter*, être invité; O *flatter*, se flatter soi-même; O *flatter* O, s'entre-flatter.

Nota. Si le verbe est suivi d'un substantif, alors les signes de quantité seront mis sur ce substantif, comme *manger pain* et *boire vin*, manger beaucoup de pain et boire peu de vin. *Vendre maison* et *jardin*, vendre toute la maison et une partie du jardin.

Je vais donner un paradigme bien détaillé de la conjugaison du premier infinitif, et j'abrégerai ceux des autres que le lecteur complettera aisément, en y ajoutant les signes du premier paradigme. Je prends pour modele le verbe *danser*, dont je trouve les participes plus faciles à expliquer dans tous les tems que ceux des autres verbes.

Comme toutes les règles sont les mêmes dans les deux espèces de Polygraphie, je ne mettrai des chiffres qu'au présent. Supposonsque l'action

(2) Comme *solum* en latin, *solo* en italien et *allein* en allemand qui sont tantôt adjectifs, tantôt adverbes. Î, signifiera pas seul et non-seulement, selon la phrase.

de danser soit numérotée dans tous les dictionnaires 1200. Voici la manière de le conjuguer.

CONJUGAISON DU VERBE SIMPLE

1200 DANSER.

INDICATIF PRÉSENT.

SINGULIER.	PLURIEL.
A 1200, ou *danser*, je danse.	$\overset{1}{A}$ 1200, ou *danser*, nous dansons.
B 1200, ou *danser*, tu danses.	$\overset{1}{B}$ 1200, ou *danser*, vous dansez.
C 1200, ou *danser*, il danse.	$\overset{1}{C}$ 1200, ou *danser*, ils dansent.
D 1200, ou *danser*, elle danse.	$\overset{1}{D}$ 1200, ou *danser*, elles dansent.
O 1200, ou *danser*, on danse.	

IMPARFAIT *ou* PASSÉ RÉCENT.

A† *danser*, je dansais	tantôt.	$\overset{1}{A}$† *danser*, nous dansions	tantôt.
B† *danser*, tu dansais		$\overset{1}{B}$† *danser*, vous dansiez	
C† *danser*, il dansait		$\overset{1}{C}$† *danser*, ils dansaient	

PARFAIT *ou* PASSÉ SIMPLE.

A | *danser*, j'ai dansé.	$\overset{1}{A}$ | *danser*, nous avons dansé.
B | *danser*, tu as dansé.	$\overset{1}{B}$ | *danser*, vous avez dansé.
C | *danser*, il a dansé.	$\overset{1}{C}$ | *danser*, ils ont dansé.

PLUSQUE-PARFAIT *ou* PASSÉ ÉLOIGNÉ.

SINGULIER.		PLURIEL.	
A⸸ *danser*, j'ai dansé	jadis.	$\overset{1}{A}$⸸ *danser*, nous avons dansé	jadis.
B⸸ *danser*, tu as dansé		$\overset{1}{B}$⸸ *danser*, vous avez dansé	
C⸸ *adnser*, il dansera.		$\overset{1}{C}$⸸ *danser*, ils ont dansé	

FUTUR PROCHAIN.

A *danser*†, je danserai	bientôt.	$\overset{1}{A}$ *danser*†, nous danserons	bientôt.
B *danser*†, tu danseras		$\overset{1}{B}$ *danser*†, vous danserez	
C *danser*†, il dansera		$\overset{1}{C}$ *danser*†, ils danseront	

FUTUR SIMPLE.

A *danser* |, je danserai.	$\overset{1}{A}$ *danser* |, nous danserons.
B *danser* |, tu danseras.	$\overset{1}{B}$ *danser* |, vous danserez.
C *danser* |, il dansera.	$\overset{1}{C}$ *danser* |, ils danseront.

FUTUR ÉLOIGNÉ.

A *danser*⸸, je danserai	dans la suite.	$\overset{1}{A}$ *danser*⸸, nous danserons	dans la suite.
B *danser*⸸, tu danseras		$\overset{1}{B}$ *danser*⸸, vous danserez	
C *danser*⸸, il dansera		$\overset{1}{C}$ *danser*⸸, ils danseront	

IMPÊRATIF.

Présent.

Singulier.	Pluriel.
danser B, danse.	*danser* Á, dansons.
danser C, qu'il danse.	*danser* B́, dansez.
	danser Ć, qu'ils dansent.

FUTUR PROCHAIN.

danser† B, danse,	*saltato.*	*danser*† Á, dansons, *saltemus.*
danser† C, quil danse,		*danser*† B́, dansez, *saltatote.*
		danser† Ć, qu'ils dansent, *saltanto.*

FUTUR TIMPLE.

danser | B, danse.	*danser* | Á, dansons.
danser | C, qu'il danse.	*danser* | B́, dansez.
	danser | Ć, qu'ils dansent.

FUTUR ÉLOIGNÉ.

danser⊥ B, danse	dans la suite.	*danser*⊥ Á, dansons	dans la suite.
danser⊥ C, qu'il danse		*danser*⊥ B́, dansez.	
		danser⊥ Ć, qu'ils dansent (1)	

---

(1) Je sens bien le pédantisme de toutes ces scrupuleuses distinctions, ainsi que celles du participe et de l'infi-

PARTICIPE (1).

PRÉSENT.

danser, celui qui danse à présent.	*danser*, un danseur de profession.

IMPARFAIT *ou* PASSÉ RÉCENT.

†*danser*, celui qui vient de danser.	†*danser*, celui qui était danseur il y a peu.

PARFAIT *ou* PASSÉ SIMPLE.

] *danser*, celui qui a dansé.	] *danser*, celui qui était danseur.

---

nitif dont je vais parler ; mais puisqu'elles sont en usage dans le style ordinaire, il vaut mieux les exprimer par un seul mot universellement intelligible que par toute une phrase souvent obscure pour les étrangers, comme le sont celles par lesquelles les Allemands expriment leurs impératifs présens et futurs. Au reste, on trouve ces distinctions dans la phrase suivante : *Allez* à l'école, *écoutez* bien vos leçons et *devenez* savant. Le premier impératif est présent, le second, futur prochain, et le troisième, futur éloigné.

(1) Les participes qui se trouvent dans les dictionnaires seront écrits en toutes lettres, sans l'addition d'autres signes que celui du pluriel, comme *danseur*, danseurs.

PLUSQUE-PARFAIT *ou* PASSÉ ÉLOIGNÉ.

⊥*danser*, celui qui a dansé jadis.	⊥*danser*, un ancien danseur.

FUTUR PROCHAIN.

danser†, celui qui dansera bientôt.	*danser*†, celui qui va devenir danseur.

FUTUR SIMPLE.

danser |, celui qui dansera.	*danser* |, celui qui sera danseur.

FUTUR ÉLOIGNÉ.

danser⊥, celui qui dansera dans la suite.	*danser*⊥, celui qui sera danseur dans la suite.

INFINITIF.

PRÉSENT.	PARFAIT *ou* PASSÉ SIMPLE.
danser.	| *danser*, avoir dansé.
IMPARFAIT *ou* PASSÉ RÉCENT.	PLUSQUE-PARFAIT *ou* PASSÉ ÉLOIGNÉ.
†*danser*, avoir dansé tantôt.	⊥*danser*, avoir dansé jadis (1).

---

(1) Il n'y a point de mot pour exprimer l'infinitif futur; je ne sais pas même s'il existe dans aucune langue; je n'en connais d'autre que le mot latin *fore* du verbe *esse*; car c'est faussement qu'on donne le nom d'infinitif futur à ces

GÉRONDIF.

PRÉSENT.	PARFAIT *ou* PASSÉ SIMPLE.
danser), en dansant.	| *danser*), ayant dansé.
IMPARFAIT *ou* PASSÉ RÉCENT.	PLUSQUE-PARFAIT *ou* PASSÉ ÉLOIGNÉ.
†*danser*), ayant dansé tantôt.	⊥*danser*), ayant dansé jadis.

CONJONCTIF.

Le conjonctif sera exprimé par une ligne conjonctive, tirée du nominatif au verbe.

PRÉSENT.

SINGULIER.	PLURIEL.
A—*danser*, que je danse.	A—*danser*, que nous dansions.
B—*danser*, que tu danses.	B—*danser*, que vous dansiez.
C—*danser*, qu'il danse.	C—*danser*, qu'ils dansent.

mots : *saltaturus*, *saltatura*, *saltaturum esse*, qui sont proprement des participes futurs, puisqu'ils sont déclinables.

IMPARFAIT *ou* PASSÉ RÉCENT.

SINGULIER.	PLURIEL.
A—†*danser*, que je vienne de danser.	A—†*danser*, que nous venions de danser.
B—†*danser*, que tu viennes de danser.	B—†*danser*, que vous veniez de danser.
C—†*danser*, qu'il vienne de danser.	C—†*danser*, qu'ils viennent de danser.

PARFAIT *ou* PASSÉ SIMPLE.

A— | *danser*, que je dansasse.	A— | *danser*, que nous dansassions.
B— | *danser*, que tu dansasses.	B— | *danser*, que vous dansassiez.
C— | *danser*, qu'il dansât.	C— | *danser*, qu'ils dansassent.

PLUSQUE-PARFAIT *ou* PASSÉ ÉLOIGNÉ.

A—⊥*danser*, que je dansasse jadis.	A—⊥*danser*, que nou dansassions jadis.
B—⊥*danser*, que tu dansasses jadis.	B—⊥*danser*, que vous dansassiez jadis.
C—⊥*danser*, qu'il dansât jadis.	C—⊥*danser*, qu'ils dansassent jadis.

FUTUR COMPOSÉ PROCHAIN.

<table>
<tr><th>SINGULIER.</th><th></th><th></th><th>PLURIEL.</th><th></th><th></th></tr>
<tr><td>A†danser | ,</td><td rowspan="3">aussitôt</td><td>que j'aurai dansé.</td><td>Á†danser | ,</td><td rowspan="3">aussitôt</td><td>que nous aurons dansé.</td></tr>
<tr><td>B†danser | ,</td><td>que tu auras dansé.</td><td>B́†danser | ,</td><td>que vous aurez dansé.</td></tr>
<tr><td>C†danser | ,</td><td>qu'il aura dansé.</td><td>Ć†danser | ,</td><td>qu'ils auront dansé.</td></tr>
</table>

FUTUR COMPOSÉ SIMPLE.

<table>
<tr><td>A | danser | , quand j'aurai dansé.</td><td>Á | danser | , quand nous aurons dansé.</td></tr>
<tr><td>B | danser | , quand tu auras dansé.</td><td>B́ | danser | , quand vous aurez dansé.</td></tr>
<tr><td>C | danser | , quand il aura dansé.</td><td>Ć | danser | , quand ils auront dansé.</td></tr>
</table>

FUTUR COMPOSÉ ÉLOIGNÉ.

<table>
<tr><td>A⊥danser | ,</td><td rowspan="3">long-tems après</td><td>que j'aurai dansé.</td><td>Á⊥danser | ,</td><td rowspan="3">long-tems après</td><td>que nous aurons dansé.</td></tr>
<tr><td>B⊥danser | ,</td><td>que tu auras dansé.</td><td>B́⊥danser | ,</td><td>que vous aurez dansé.</td></tr>
<tr><td>C⊥danser | ,</td><td>qu'il aura dansé.</td><td>Ć⊥danser | ,</td><td>qu'ils auront dansé.</td></tr>
</table>

CONDITIONNEL PRÉSENT.

SINGULIER.	PLURIEL.
A *danser*, je danserais.	A *danser*, nous danserions.
B *danser*, tu danserais.	B *danser*, vous danseriez.
C *danser*, il danserait.	C *danser*, ils danseraient.

PASSÉ (1).

A | *danser*, j'aurais dansé.	A | *danser*, nous aurions dansé.
B | *danser*, tu aurais dansé.	B | *danser*, vous auriez dansé.
C | *danser*, il aurait dansé.	C | *danser*, ils auraient dansé.

(1) On peut y ajouter ces deux signes †, ⸸ de l'imparfait et du plusque-parfait; le premier signifiera : *j'aurais dansé tantôt*, et le second, *j'aurais dansé autrefois.*

PASSIF.

INDICATIF PRÉSENT.

SINGULIER.	PLURIEL.
A *invvíter*, je suis invité.	Á *invviter*, nous sommes invités.

IMPARFAIT *ou* PASSÉ RÉCENT.

A†*invviter*, jeviens d'être invité.	Á†*invviter*, nous venons d'être invités.

PARFAIT *ou* PASSÉ SIMPLE.

A | *invviter*, j'ai été invité.	Á | *invviter*, nous avons été invités.

PLUSQUE-PARFAIT *ou* PASSÉ ÉLOIGNÉ.

A⊥*invviter*, j'ai été invité jadis.	Á⊥*invviter*, nous avons été invités jadis.

FUTUR PROCHAIN.

A *invviter*†, je vais être invité.	Á *invviter*†, nous allons être invités.

FUTUR SIMPLE.

A *invviter* | , je serai invité.	Á *invviter* | , nous serons invités.

FUTUR ÉLOIGNÉ.

SINGULIER.	PLURIEL.
A *inviter*⊥, je serai invité dans la suite.	Á *inviter*⊥, nous serons invités dans la suite.

IMPÉRATIF.

PRESENT.

inviter B, sois invité.	*inviter* Á, soyons invités.
inviter C, qu'il soit invité.	*inviter* B́, soyez invités.
	inviter Ć, qu'ils soient invités.

FUTUR PROCHAIN.

inviter† B, sois invité	bientôt.	*inviter*† Á, soyons invités	bientôt.
inviter† C, qu'il soit invité		*inviter*† B́, soyez invités	
		inviter† Ć, qu'ils soient invités	

FUTUR SIMPLE.

inviter | B, sois invité, *invitatus sis.*	*inviter* | Á, soyons invités, *invitati simus.*
inviter | C, qu'il soit invité, *invitatus sit.*	*inviter* | B́, soyez invités, *invitati sitis.*
	inviter | Ć, qu'ils soient invités, *invitati sint.*

FUTUR ÉLOIGNÉ.

SINGULIER.		PLURIEL.	
inviter┴B, sois invité *inviter*┴C, qu'il soit invité.	dans la suite.	*inviter*┴A, soyons invités *inviter*┴B, soyez invités *inviter*┴C, qu'ils soient invités.	dans la suite.

PARTICIPE.

PRÉSENT.

inviter, celui qui est invité.

IMPARFAIT *ou* PASSÉ RÉCENT.

†*inviter*, celui qui vient d'être invité.

PARFAIT *ou* PASSÉ SIMPLE.

| *inviter*, celui qui a été invité.

PLUSQUE-PARFAIT *ou* PASSÉ ÉLOIGNÉ.

┴*inviter*, celui qui a été invité jadis.

FUTUR PROCHAIN.

inviter†, celui qui sera bientôt invité.

FUTUR SIMPLE.

inviter |, celui qui sera invité.

FUTUR ÉLOIGNÉ.

inviter┴, celui qui sera invité dans la suite.

INFINITIF.

PRÉSENT.

invviter, être invité.

IMPARFAIT *ou* PASSÉ RÉCENT.

†*invviter*, avoir été invité tantôt.

PARFAIT *ou* PASSÉ SIMPLE.

| *invviter*, avoir été invité.

PLUSQUE-PARFAIT. *ou* PASSÉ ELOIGNÉ.

⊥*invviter*, avoir été invité jadis.

FUTUR.

invviter | , *invitatum iri.*

GÉRONDIF.

PRÉSENT.

invviter), étant invité.

IMPARFAIT *ou* PASSÉ RÉCENT.

†*invviter*), venant d'être invité.

PARFAIT *ou* PASSÉ SIMPLE.

| *invvite*), ayant étê invité.

PLUSQUE-PARFAIT *ou* PASSÉ ÉLOIGNÉ.

⊥*invviter*), ayant été invité jadis.

CONJONCTIF.

PRÉSENT.

SINGULIER.	PLURIEL.
A—*invviter*, que je sois invité.	A—*invviter*, que nous soyons invités.

IMPARFAIT *ou* PASSÉ RÉCENT.

SINGULIER.	PLURIEL.
A—†*inviter*, que je vienne d'être invité.	A—†*inviter*, que nous venions d'ête invités.

PARFAIT *ou* PASSÉ SIMPLE.

A—| *inviter*, que je fusse invité.	A—| *inviter*, que nous fussions invités.

PLUSQUE-PARFAIT *ou* PASSÉ ÉLOIGNÉ.

A—⊥*inviter*, que je fusse invité jadis.	A—⊥*inviter*, que nous fussions invités jadis.

FUTUR COMPOSÉ PROCHAIN.

A†*inviter* |, aussitôt que j'aurai été invité.	A†*inviter* |, aussi-tôt que nous aurons été invités.

FUTUR COMPOSÉ SIMPLE.

A | *inviter* |, quand j'aurai été invité.	A | *inviter* |, quand nous aurons été invités.

FUTUR COMPOSÉ ÉLOIGNÉ.

A⊥*inviter* |, long-tems après que j'aurai été invité.	A ⊥*inviter* |, long-tems après que nous aurons été invités.

CONDITIONNEL PRÉSENT.

SINGULIER.	PLURIEL.
A *inviter*, je serais invité.	A *inviter*, nous serions invités.

PASSÉ.

A | *inviter*, j'aurais été invité.	A | *inviter*, nous aurions été invités.

VERBE RÉFLÉCHI.

INDICATIF PRÉSENT.

SINGULIER.	PLURIEL.
A *flatter*, je me flatte.	A *flatter*, nous nous flattons.
B *flatter*, tu te flattes.	B *flatter*, vous vous flattez.
C *flatter*, il se flatte.	C *flatter*, ils se flattent.

IMPARFAIT *ou* PASSÉ RÉCENT.

A† *flatter*, je viens de me flatter.	A† *flatter*, nous nous flattions tantôt.

PARFAIT *ou* PASSÉ SIMPLE.

A | *flatter*, je me suis flatté.	A | *flatter*, nous nous sommes flattés.

PLUSQUE-PARFAIT *ou* PASSÉ ÉLOIGNÉ.

A⊥ *flatter*, je me suis flatté jadis.	A⊥ *flatter*, nous nous sommes flattés jadis.

FUTUR PROCHAIN.

A *flatter*†, je vais me flatter.	A *flatter*†, nous allons nous flatter.

FUTUR SIMPLE.

SINGULIER.	PLURIEL.
A *flatter* | , je me flátterai.	A *flatter* | , nous nous flatterons.

FUTUR ÉLOIGNÉ.

A *flatter* ⊥ , je me flatterai dans la suite.	A *flatter* ⊥ , nous nous flatterons dans la suite.

IMPÉRATIF.

PRÉSENT.

flatter B , flatte-toi.	*flatter* A , flattons-nous
flatter C , qu'il se flatte.	*flatter* B flattez-vous.
	flatter C , qu'ils se flattent.

FUTUR.

flatter | B , tu te flatteras.	*flatter* | A , flattons-nous.
flatter C , qu'il se flatte.	*flatter* | B , flattez-vous.
	flatter | C , qu'ils se flattent.

INFINITIF PRÉSENT.

O *flatter* , se flatter.

PASSÉ.

O†*flatter*, s'être flatté tantôt. O |*flatter*, s'être flatté.	O⸸*flatter*, s'être flatté jadis.

GÉRONDIF PRÉSENT.

O*flatter*), en se flattant.

PASSÉ.

O†*flatter*), s'étant flatté tantôt. O |*flatter*), s'étant flatté.	O⸸*flatter*, s'étant flatté jadis.

PARTICIPE PRÉSENT.

O*flatter*, celui qui se flatte à présent.	O*flatter*, un présomptueux, celui qui se flatte toujours.

PASSÉ.

O |*flatter*, celui qui s'est flatté.	O |*flatter*, celui qui était accoutumé à se flatter.

FUTUR.

O*flatter* |, celui qui se flattera.	O*flatter* |, celui qui sera présomptueux.

VERBE RÉCIPROQUE.

PRESENT.

A*secourir*A, nous nous entre-secourons.

B*secourir*B, vous vous entre-secourez.

C*secourir*C, ils s'entre-secourent.

IMPARFAIT ou PASSÉ RÉCENT.

A†*secourir*A, nous nous entre-secourions tantôt.

PARFAIT ou PASSÉ SIMPLE.

A | *secourir*A, nous nous sommes entre-secourus.

PLUSQUE-PARFAIT ou PASSÉ ÉLOIGNÉ.

A⊥*secourir*A, nous nous sommes entre-secourus autrefois.

FUTUR.

A*secourir* | A, nous nous entre-secourrons.

IMPÊRATIF.

*secourir*AA, entre-secourons-nous.

*secourir*BB, entre-secourez-vous.

PARTICIPE PRÉSENT.

O*secourir*O, ceux qui s'entre-secourent.

PASSÉ.

O | *secourir*O , ceux qui se sont entre-secourus,

FUTUR.

O*secourir* | O , ceux qui s'entre-secourront.

INFINITIF PRÉSENT.

O*secourir*O , s'entre-secourir.

PASSÉ.

O | *secourir*O , s'être entre-secourus.

GÉRONDIF PRÉSENT.

O*secourir*O) , s'entre-secourant

PASSE.

O | *secourir*O) , s'étant entre-secouru.

On voit par tous ces exemples qu'il n'y aura point d'équivoques à l'égard des verbes qui , en style ordinaire , sont à la fois actif et passif , ou actif et réfléchis ou réciproques ; en latin , par exemple , *occidere* sera toujours actif , à moins qu'il n'y ait une lettre barrée qui le rendra passif. En hébreu , *hapoch* signifiera tourner , et O*hapoch* se tourner.

Le paradigme suivant sera composé de plusieurs verbes où seront exprimés toutes les modifications du tableau que j'ai donné plus haut. Je ne le mets souvent qu'au singulier, pour éviter les longueurs.

PRÉSENT.

SINGULIER.	PLURIEL.
A*lire* \, je lis vite.	A*lire* ∧, nous lisons d'abord lentement et après vite.
B*lire* /, tu lis lentement	B*lire* >, vous lisez l'un vite et l'autre lentement, (parlant de deux lecteurs.)
C*lire* ∀, il lit d'abord vite et ensuite lentement.	C*lire* <, ils lisent l'un vite et l'autre lentement, (parlant de deux écrits.)

IMPARFAIT *ou* PASSÉ RÉCENT.

A†*lirē*, je lisais beaucoup }
B†*lirĕ*, tu lisais peu } tantôt.
C†*lirě*. il lisait assez. }

PARFAIT *ou* PASSÉ SIMPLE.

SINGULIER.	PLURIEL.
A ⌋ *lire* ═ , j'ai lu autant.	Á ⌋ *lire* ═ , nous avons lu tout au plus.
B ⌋ *lire* ═ , tu as lu presqu'autant...	B́ ⌋ *lire* ═, vous avez lu environ...
C ⌋ *lire* ═ , il a lu au moins...	Ć ⌋ *lire* ═ , ils ont lu plus ou moins.

PLUSQUE-PARFAIT *ou* PASSÉ ÉLOIGNÉ.

A⊥*lire*+ , j'ai lu plus...	jadis.	Á⊥*lire*+ , nous avons lu un peu plus	jadis.
B⊥*lire*— , tu as lu moins...		B́⊥*lire*— , vous avez lu beaucoup moins	
C⊥*lire*+ , il a lu beaucoup plus...		Ć⊥*lire*— , ils ont lu un peu moins	

FUTUR PROCHAIN.

A *lire*† , je vais tout lire.

B *lire*† , tu vas lire une partie.

C *lire*† , il va lire la majeure partie.

D *lire*† , elle va lire la moindre partie.

FUTUR SIMPLE.

SINGULIER.	PLURIEL.
A*liré* |, je ne lirai pas.	A*lirè* |, nous ferons lire,
B*liré*, *écriré* |, tu ne liras, ni n'écriras.	B*llire* |, vous lirez souvent.
C*lire* ⁓ *ecrire* |, tantôt il lira, tantôt il écrira.	C*lire* |, ils liront rarement.

FUTUR ÉLOIGNÉ.

A*lire*...┴, je continuerai à lire	dans la suite.	A*ecrire*┴, nous finirons par écrire	dans la suite.
B*llire*.. ┴, tu liras toujours.		B*ecrire*┴, vous commencerez à écrire	
C*lïre*┴, il commencera par lire		C*ecrire*┴, ils finiront d'écrire.	

IMPÉRATIF.

*p^{a}rler*B, parle haut.	*inviter*A, soyons invités.
*p$_{a}$rler*C, qu'il parle bas.	*flatter*B, que chacun de vous se flatte soi-même.
parler┴D, qu'elle parle seule, ou seulement.	*secourir*CC, qu'ils s'entre-secourent.

PARTICIPE PRÉSENT.

pArler, celui qui parle avec éloquence.

IMPARFAIT *ou* PASSÉ RÉCENT.

†*parler*, celui qui vient de parler d'un style bas.

PARFAIT *ou* PASSÉ SIMPLE.

| *parler*, celui qui a parlé par interruption ou a plusieurs reprises.

PLUSQUE-PARFAIT *ou* PASSÉ ELOIGNÉ.

⊥*p arler*, celui qui à manqué jadis de parler.

FUTUR PROCHAIN.

| *'parler*†, celui qui va parler laconiquement.

FUTUR SIMPLE.

paıler |, celui qui parlera à contre-sens.

FUTUR ELOIGNÉ.

p Arler⊥, celui qui, dans la suite, parlera peu, mais avec éloquence.

INFINITIF PRÉSENT.

habiter/\, habiter ensemble.

PASSÉ.

| *habiter*\/, avoir habité séparément.

GÉRONDIF PRÉSENT.

agir( )), agissant de concert.

PASSÉ.

| *agir*)(), ayant agi en sens divers, ou s'étant contre-caré.

FUTUR.

parler⟅ |), ayant ou devant parler alternativement.

On peut réunir plusieurs signes pour exprimer autant d'adverbes, comme C*ppArler*, il commence souvent à parler avec éloquence, et finit par un style bas.

pArler\, celui qui parle vîte et avec éloquence. *pArler*⊥, celui qui sera avec le tems un bon orateur.

DES ADVERBES.

En allemand et en anglais, presque tous les adjectifs deviennent adverbes lorsqu'ils sont accompagnés d'un verbe (1). Il en sera de même en Polygraphie ; ainsi *an*, *mois*, *semaine* signifieront tantôt *annuel*, *moisel*, *semainel* ; tantôt *annuellement*, *moisellement*, *semainellement*, selon la phrase ; les autres signes de l'adjectif seront également ajoutés aux adverbes, comme *richement*+ plus richement, *bravement*— moins bravement ; *vite*═ aussi vite que..... ; *généreusement* très-généreusemnt ; *severement* peu sévérement ; *honnetement* assez honnêtement. (1)

Voilà pour le comparatif et pour le superlatif. Qnant au positif et autres adverbes qui ne sont pas susceptibles de gradation, ils seront numérotés depuis 1 jusqu'à 9, dans l'ordre suivant :

Adverbes de tems[1], de lieu[2], de quantité[3], de qualité[4], d'affirmation[5], de négation[6], de doute[7], de comparaison[8], d'interrogation[9].

---

(1) Il y en a aussi quelques-uns en français, comme parler *haut*, voir *clair*, rimer *riche*, etc.

(2) Il faut bien observer la position de ces derniers signes ; car *eecrire* veut dire écrire souvent et beaucoup, au lieu qu'*eecrire* signifie écrire très-souvent.

On reconnaîtra ainsi au numéro de quelle classe est chaque adverbe.

DES PRÉPOSITIONS.

Toutes les prépositions ont un sens déterminé et indépendant de divers cas qu'elles gouvernent dans certaines langues ; aussi les met-on indifféremment devant tous les noms, même devant ceux qui sont indéclinables. Cela étant, toutes les prépositions gouverneront, en Polygraphie, le simple nominatif, sans distinction de repos ou de mouvement, ni de noms de villes et autres ; bien entendu qu'on ne négligera jamais la préposition, comme on le fait souvent en latin : on dira donc dans cette langue, comme on dit en français : *est in domus*, *ivit ad Roma*, *venit ab Athenæ*.

Plusieurs prépositions, malgré l'étymologie de ce mot, sont mis après les noms, comme *tenus*, *versus* en latin, où on dit aussi *mecum*, *tecum*, *secum*, etc. et en italien, *meco*, *teco*, *seco*. Il y en a aussi en anglais, comme *what*, *whit*, *for*, ect. J'userai de la même liberté pour exprimer vingt prépositions que j'appelle *contrastantes*, par dix signes que je mettrai tantôt avant, tantôt après les noms, comme on le verra incessamment.

Le nombre des prépositions est peu considérable ; en latin, qui est une des langues les plus riches, on n'en compte que quarante-un, encore y en a-t-il plusieurs qui sont synonimes, d'autres qui sont de veritables substantifs, adjectifs ou adverbes, d'autres enfin qui peuvent être remplacés par quelque signe polygraphique; de sorte ques les prépositions proprement dites et strictement nécessaires ne sont qu'au nombre de vingt-cinq tout au plus. Cependant, pour éviter toute dispute, j'en admets j'usqu'à trente-six, qui seront exprimées par des lettres italiques, ou par d'autres de celles qui sont en usage dans les écrits latins, excepté les capitales qui sont uniquement consacrées aux pronoms. Il faut d'ailleurs, que ces lettres soient d'un autre caractère que celui des mots auxquels elles seront attachées.

PREPOSITIONS.

a midi, *avant* midi.	fleuve *e*, *au-delà* du fleuve.
midi *a*, *après* midi.	*f* route, *près* la route.
b maison, *dans* la maison.	route *f*, *loin* de la route.
maison *b*, *hors* la maison.	*g* frère, *avec* le frère.
c table, *sur* la table.	frère *g*, *sans* le frère.
table *c*, *sous* la table.	*h* jour, *depuis* le jour.
d ville, *devant* la ville.	jour *h*, *jusqu'au* jour.
vile *d*, *derrière* la ville.	*i* patrie, *pour* la patrie.
e fleuve, *en deçà* du fleuve.	patrie *i*, *contre* la patrie.

j ordre, *suivant* l'ordre.	*r*, *autour.*
ordre *j*, *malgré* l'ordre.	*s*, *outre.*
k, *vis-à-vis.*	*t*, *excepté.*
l, *vers.*	*u*, *à travers.*
m, *par.*	*v*, *auprès.*
n, *parmi.*	*w*, *dès.*
o, *chez.*	*x*, *hormis.*
p, *pendant.*	*y*, *selon.*
q, *entre.*	*z*, *en* (1).

DES CONJONCTIONS.

Le nombre de conjonctions nécessaires est encore moindre que celui de prépositions ; elles seront exprimées par les mêmes lettres alphabétiques, avec cette différence, qu'elles seront jointes aux mots par un tiret (2), de la maniére suivante.

---

(1) Comme dans ces phrases : parler *en* ami, habiller *en* turc ; mais lorsque *en* signifie *contenu*, comme demeurer *en* France, du vin *en* bouteille, il sera exprimé par *b* dans.

(2) Il n'est pas à craindre qu'on ne confonde ce tiret avec celui du verbe conjonctif, ce dernier étant toujours précédé d'un nom ou d'un pronom exprimé par une lettre capitale qui, comme on l'a déjà dit, ne sera employée ni aux prépositions, ni aux conjonctions.

CONJONCTIONS.

a—, et.

b—, ou, ou bien.

c—, outre.

d—, non-seulement.

e—, soit que.

f—, ni, non plus, ne.

g—, comme.

h—, donc, par conséquent.

i—, c'est pourquoi.

j—, mais.

k—, quoique, bien que.

l—, quand bien même.

m—, mais qui plus est.

n—, au contraire.

o—, car, parceque, puisque.

p—, lorsque.

q—, afin que.

r—, de peur que.

s—, de sorte que.

t—, pourvu que.

u—, si. *û* sinon.

v—, autrement.

w—, loin de.

x—, cependant, pourtant.

y—, au reste.

z—, enfin.

DES INTERJECTIONS.

Les mots qu'on appelle interjections, sont indiférens ou absolumeut insignifians. Ce n'est que par le son de la voix avec lequel on les prononce qu'on fait connaître les diverses affections de l'ame. En Polygraphie, elles seront exprimées par les dix dernières lettres capitales (1).

(1) Les premières étant consacrées aux pronoms.

INTERJECTIONS.

marque de	marque de
la joie... P!	la caresse.... U
la douleur.... Q!	l'appel.... V
l'indigation et du mépris..R!	la réponse.... X!
l'admiration.... S!	l'approbation.... Y!
la menace T!	l'exhortatian.... Z!

Voilà quatre parties de l'oraison qui seront exprimées en lettres alphabétiques ; savoir, les pronoms, les prépositions les conjonctions et les interjections. A quoi il faut ajouter les noms de nombres écrits en chiffres romains, ainsi qu'un grand nombre d'adjectifs et d'adverbes exprimés par des signes ; de sorte qu'on n'aura à écrire en toutes lettres ou en chiffres que les substantifs, les verbes et la majeure partie d'adjectifs et d'adverbes. Il est vrai que ces quatre parties de l'oraison sont beaucoup plus nombreuses que les autres ; mais il faut considérer que toutes les phrases composant les déclinaisons et les conjugaisons seront remplacées par le nominatif singulier et par l'infinitif ; de sorte que, à tout compter, on n'aura pas besoin d'écrire la dixième partie d'une langue.

Au reste, comme tous les mots seront toujours accompagnés de signes (1) qui, outre leur propre

(1) Excepté les adjectifs qui ne seront pas déclinés,

signification, indiqueront en même tems toutes les modifications grammaticales de ces mots, il en résultera que l'on entendra la majeure partie d'un écrit; même dans une langue dont on ne possède seulement pas les lettres alphabétiques, et cela sans le secours du dictionnaire, et sans aucune réflexion métaphysique. Bien différent du style ordinaire où l'on est souvent embarrassé de savoir seulement de quelle partie de l'oraison est un mot d'une langue que l'on possède passablement. En effet, quelle différence entre ces deux phrases : *patrueles fratres mei modo scribebant communi consensu*, et celle-ci : *E patruélis* (1) † *scribere* ( ) ? La première est assez obscure pour les commençans en latin, et la dernière sera assez claire même pour les ignorans absolus dans cette langue, qui la traduiront d'abord : *Mes.... viennent de.... de concert*; et ils sauront d'ailleurs, que le nominatif de cette phrase est des hommes, que le verbe qui n'est pas accompagné du signe du passif, ni du réfléchi, ni du

---

étant accompagnés de leur substantif, et cela même suffira pour les faire reconnaître. Mais s'ils se trouvent seuls, ils seront mis au cas et au nombre du substantif sous-entendu; alors on mettra un point dans une lettre du mot pour le distinguer,

(1) Il est inutil d'ajouter le mot *frater*, comme on le verra dans la suite.

réciproque, ne peut être qu'actif ou neutre, et qu'il ne signifie ni aimer, ni haïr; ni dormir, ni aucune autre action incompatible avee l'idée exprimée par ce signe ( ) *de concert*; et ayant enfin consulté le dictionnaire, ils completteront la phrase de cette manière : *mes cousins viennent d'écrire de concert.*

On voit, au reste, par cet exemple, qu'on ne sera pas toujours obligé de consulter le dictionnaire, et que les réflexions que suggéreront les signes, suffiront souvent à faire connaître la signification des mots.

DE LA SYNTAXE

La syntaxe qui est la partie la plus difficile de la grammaire ordinaire, n'aura rien d'embarrassant en Polygraphie, où la majeure partie de la phrase sera exprimée par signes qui, comme ceux de l'astronomie et comme les chiffres indiquant les nombres, seront communs à toutes les langues, et le reste en mots simples, où aucune irrégularité ne peut avoir lieu. Enfin, il sera aussi impossible de se méprendre dans la construcion d'une phrase où l'on saura la définition de chaque mot, comme il le serait à un mécanicien de se tromper dans la composition d'une machine dont on lui aurait fourni toutes les pièces parfaitement achevées et numérotées. L'exemple suivant complettera la conviction à cet égard.

Le Français dit *quatre-vingt-dix-sept*, et l'Alland : *sieben und neinzig* sept et nonante. Voilà ce qu'ils disent en toutes lettres ; mais en chifils écrivent l'un et l'autre 97, et toute différence de syntaxe disparaît. Il en sera de même de cette phrase : *Je me suis fait faire plusieurs habits*, que l'Allemand exprime par : *ich habe mir fiel kleider machen lassen.* Si l'expression française est obscure pour l'Allemand, celle de ce dernier l'est encore davantage pour le français ; car elle dit à la lettre : *j'ai me beaucoup habit faire laisser.* Voilà pour le stye ordinaire ; mais en Polygraphie, le Français écrira : Ⓐ | *fàire* a.*habit* ; et l'Allemand : Ⓐ | *màchen* a.*kleid* ; il suffira donc de savoir la signification de ces deux mots pour l'intelligence de toute la phrase.

Quant à ce qu'on appelle *phrases* ou *idiotismes*, ils ne sont embarrassans que pour parler ou pour écrire une langue étrangère, et non pour l'entendre ; témoins les étrangers à Paris, qui s'expriment très-bien en très-mauvais français qu'ils parlent à la manière de leur propre langue. Si l'Allemand, par exemple, demande *un bouteille rouge vin*, on lui donne *une bouteile de vin rouge* ; s'il commande *un paire botte*, le cordonnier lui fait *une paire de bottes* ; s'il dit à un cocher : *menez me au blanc barrier*, celui-ci le mène *à la Barrière blanche.* Il en est de même du Français en pays étranger, dont il parle mal la langue, où on l'entend cependant à demi-mot. Enfin on entend au théâtre toute sorte de langage, même en vers. Si l'on entend un mauvais langage parlé, on l'entend encore mienx écrit, lorfque tous les mots sont sous les yeux, et qu'ils ne sont pas altérés par le mauvais accent ou par la vicieuse prononciation.

Ajoutez à cela qu'un grand nombre d'idiotismes est expliqué dans le dictionnaire, et que d'autres, en bien plus grand nombre, ne peuvent pas avoir lieu en Polygraphie, où il n'y aura ni article, ni distinction de genre, ni verbe auxiliaire, ni plufieurs autres mots qui constituent l'idiotisme.

Pour rendre le style polygraphique plus coulant, et pour épargner en même tems au lecteur, autant qu'il est possible, la peine de consulter les dictionnaires, on évitera les pléonasmes, les ellipses, les enclitiques, les mots explétifs, les inversions, les métaphores trop recherchées, enfin, on observera, à cet égard, le précepte qui dit : *quid tibi fieri non vis, id alteri ne facias*, c'est-à-dire, que l'écrivain se mettra à la place du lecteur étranger, et il écrira de la manière la plus simple et la plus naturelle, comme il voudroit qu'on lui écrivît à lui-même.

Ainsi, un Cicéron moderne, au lieu de dire : *inimici mei mea mihi me ipsum non ademerunt*, dira moins élégamment, mais plus clairement : E *inimicus* | *adimere* a.É, a.Â. Il mettra *fallere*, au lieu de *verba dare* ; *negare*, au lieu *d'inficias ire*. L'Italien demandant la demeure de quelqu'un, dira : *dove dimora signor*, au lieu de *dove sta di casa*. L'Allemand invitant quelqu'un de venir le voir, lui écrira simplement : *komm bei mir*, au lieu de *sprechen sie mir ein mal zu*, (que parlent-ils moi une fois à). Le Français, au lieu de *coucher quelqu'un en joue*, écrira *viser sur quelqu'un*, il mettra *médecin*, au lieu d'*officier de santé*. Enfin, à l'indécence près, on appellera chaque chose par son nom.

En écrivant à la seconde personne, on se servira de la deuxième personne, et non de la troisième, comme on le fait en allemand et en italien:

Je ne déciderai pas quelle est la construction naturelle en style ordinaire, mais en Polygraphie on observera l'ordre suivant : substantif, adjectif, verbe, adverbe, cas oblique, etc. Cet ordre sera un nouveau moyen de reconnaître, au premier aspect, de quelle partie de l'oraison est chaque mot.

L'allemand a plusieurs mots composés qui ne se trouvent point dans les dictionnaires, et qui embarrassent les étrangers qui ne savent pas les décomposer ; en Polygraphie on les exprimera de cette manière : *g. haus - thür* , au lieu de *hausthür* la porte de la maison ; *seid-kleid*, au lieu de *seidenkleid* habit de soie ; *schnee - weis* au lieu de *schneeweis* blanc comme la neige. Quant aux mots composés d'une préposition ou d'une conjonction et d'un substantif, ils ne seront nullemsnt embarrassans , puisque les prépositions et les conjonctions seront exprimées en lettres italiques, comme on l'a vu plus haut, qui les distingueront du reste du mot.

Lorsque plusieurs noms se suivent au génitif, il suffit de mettre le *g* devant le premier , comme : *fils g. valet chambre ministre guerre* | *battre a.garçon g.jardinier couvent capucin*, le fils du valet - de - chambre du ministre de la guerre a battu le garçon du jardinier du couvent des capucins. L'Allemand qui construit cette phrase à l'inverse du français , aura soin de séparer, par une virgule le nominatif des mots précédans , de cette manière : *g. guerre ministre chambre valet*, *fils* | *battre* g.*capucin couvent jardinier* a.*garçon*. Par cette précaution , on verra que *fils* est le battant et *garçon* le battu.

J'abserverai , à cette occasion, qu'en hébreu, le génitif forme une espèce de *deponensis* , car on y décline le nom de l'objet possédé , au lieu de celui du possesseur. En écrivant cette langue en Polygraphie, on se conformera à l'usage général, et on mettra le signe du génitif avant le nom du possesseur. Au reste, ce signe, ainsi que toutes les lettres polygraphiques, seront les mêmes pour toutes les langues, quelle qu'en soit l'écriture.

Lorsque les deux parties d'une phrases sont des sens opposés, on en peut supprimer la seconde et la remplacer par cette lettre initiale *c.* qui signifiera *contraire*, mot connu dans toute l'Europe, comme: *la paix et c.* la paix et la guerre; *vivre ou c.* vivre ou mourir; *le tombeau confond tout, grand, riche, jeune, savant et c.* grand et petit, riche et pauvre, jeune et vieux, savant et ignorant. Si le contraste est double, on doublera la lettre *c.*, comme: *les femmes vont gorge nue, même en hiver, et les hommes c. c,* c'est-à-dire, et les hommes vont gorge couverte, même en été.

En hébreu, et dans preque toutes les langues orientales, on exprime rarement le verbe *être* au présent: on y dit *je grand*, *tu à Paris*, au lieu de je suis grand, tu es à Paris. Il en est à peu près de même en polonais, en russe et en latin, comme: *cujum pecus, an Mœlibei? Ubi nunc lex Julia?* où il faut sous-entendre *est*. En Polygraphie, où tous les tems sont parfaitement distingués, on supprimera entiérement le verbe *être*, qui sera toujours sous-entendu, en l'ab-

sence de tout autre verbe ; on écrira donc :
A Davus , Œdipus , Davus sum , non Œdipus.

Antiochus | rex, fuit Antiochus rex magnus.
B Marcellus | , tu Marcellus eris.

On supprimera de même plusieurs adjectifs, comme, *E | voisin*, mon ci-devant voisin; *F⊥ camarade*, ton ancien camarade ; G mari |, son futur mari. Si la phrase n'est composée que d'un substantif et d'un adjectif, on mettra un point dans une lettre de ce dernier mot, pour que le lecteur ne le prenne pas pour un verbe.

En anglais et dans quelques autres langues ; il faut souvent deux ou trois mots pour désigner un seul objet, comme : *a franch-man*, *a franch-women*; *a he-cousin*, *a she-cousin*; et en latin, *patruelis frater*, *patruelis soror*. En Polygraphie, on n'écrira qu'un seul mot, qui commencera au masculin par une capitale ; ce qu suffira pour le distinguer du féminin, de cette manière : *France* français ; *france* française, *Cousin*, *Patruelis*, cousin ; *cousin*, *patruelis* ; cousine.

Pour prévenir toute équivoque, on exprimera toujours les lettres initiales indiquant les cas, même devant les mots qui sont indéclinables en style ordinaire. Mais s'il n'y a point d'équivoque à craindre, il vaudra mieux supprimer ces lettres. pour faire disparaître la différence qu'il y a à cet égard d'une langue à l'autre.

J'ai dit plus haut que les noms propres, les titres insignifians, ainsi que les pronoms et toutes les lettres polygraphiques seront écrits en caractères latins, quelle que soit l'écriture des mots qui les accompagneront, à quoi il faut ajouter les noms des mois qui, n'étant point les mêmes dans toutes les langues, seront écrits en latin : *januarius*, *februarius*, etc. Quant aux noms des jours de la semaine, ils seront exprimés par les nombres ordinaux : I, II, III, etc. comme on les exprime en hébreu et dans les autres langues où ils n'ont point de noms

J'ai déjà observé qu'il n'est pas nécessaire de posséder une langue pour l'écrire en polygraphie, et j'ai conseillé, en coséquence, de n'écrire pour le public qu'en français ou en latin, dont les dictionnaires sont très communs (1),

---

(1) Je répéterai, à cette occasion, une observation que j'ai faite dans un ouvrage publié, il y a dix ans.

On se plaint par-tout et de l'abondance de mauvais ouvrages écrits dans l'idiôme du pays, et de la rareté de dictionnaires et de livres en langues étrangères. Comme on n'a pas besoin d'excellens ouvrages pour l'étude des langues que l'on peut apprendre, même par la lecture des vieilles gazettes et des romans les plus insipides, pourvu que le style en soit correct, je suis étonné que les libraires ne se soient pas encore avisés de guérir les maux en ques-

au lieu que ceux des autres langues sont plus ou moin s rares; mais on doit observer d'exprimer les verbes latins par les mots qui les commencent dans le dictioonaire, et non par l'infinitif qui, ne se trouvant qu'au milieu de la ligne, est difficile à trouver pour ceux qui n'en possèdent pas la grammaire.

Pour éviter la confusion d'accens, on n'en mettra que les polygraphiques et aucun de l'orthgraphe, à moins que ce dernier ne soit nécessaire pour prévenir une équivoque; alors on mettra l'accent polygraphique sur une consonne. Voilà pour l'écrivain.

Le lecteur de son côté, ne doit point se reposer entiérement sur l'intelligence de l'écrivain, et il observera toujours la syllepse, c'est-à-dire, que, sans s'attacher scrupuleusement au matériel des mots, il cherchera le sens complet

---

tion l'un par l'autre, en échangeant de tems en tems avec leurs confrères des pays étrangers le rebut de leurs boutiques respectives; par ce moyen chaque pays se trouverà débarrassé de toutes les œuvres mortes qui infectent sa littérature; lesquelles, cependant, moins malheureuses que l'oiseau malpropre de la fable, seront supportables ailleurs, où l'on se contentera des mots qu'elles contiennent. De sorte que cet échange de zéro contre zéro sera très-avantageux et pour le public, et pour les libraires, et pour les auteurs, qui pourront se dire, comme Horace, mais dans un autre sens, *non omnis moriar.*

de la phrase ; si l'Hébreu ou le Russe a l'imprudence d'écrire *je me prie à Dieu*, il entendra *je pris Dieu* ; il saura que, quand l'Allemand *se honte*, il rougit ; quand il *se craint*, il a peur ; si le Français *se tait*, il ne dit mot ; s'*il dîne en ville*, il ne dîne pas à la maison ; s'*il ne fait pas jour* chez lui après le soleil levé, c'est qu'il dort encore. Il expliquera de même tous les idiotismes qui ne se trouvent point dans les dictionnaires.

Je ne sais si j'ai prévu toutes les difficultés, mais s'il en reste encore quelques-unes, elles ne peuvent être que très-légères et incapables d'arrêter le lecteur intelligent, sur-tout s'il possède plusieurs langues, et s'il est accoutumé de parler à des paysans, ou de lire des solécismes.

Après tout cela, je ne crains pas d'avancer que, si l'on voulait sacrifier l'agréable à l'utile et donner une édition polygraphique de quelqu'ouvrage difficile, de Tacite par exemple, il serait plus clair pour les ignorans absolus en latin qu'il ne l'est à présent pour les demi-savans dans cette langue. Il est vrai qu'on ne lirait pas Tacite, mais on saurait son Histoire et ses Annalles.

Je finirai cet ouvrage par quelques versions polygraphiques, accompagnées de textes originaux et d'une traduction littérale. Avant de vérifier ces traductions, le lecteur remplacera tous les signes par les mots qui y répondent, il trouvera alors le style polygraphique de la version bien plat à la vérité, mais parfaitement intelligible, et tel qu'aurait employé l'auteur de l'original lui-même, s'il eût écrit pour des étrangers qui ne possèdent de sa langue que les déclinaisons et les conjugaisons.

On observera, au reste, que le style polygraphiqur est beaucoup plus concis que l'ordinaire, même en latin et dans les langues orientales ; mais il l'aurait été encore davantage, si je n'avais pas été gêné dans la composition par le défaut de certains caractères d'imprimerie.

FRANÇAIS.

TEXTE ORIGINAL.

Calypso ne pouvait se consoler du départ d'Ulysse ; dans sa douleur elle se trouvait malheureuse d'être immortelle : sa grotte ne résonnait plus de son chant. Les nymphes qui la servaient n'osaient lui parler : elle se promenait souvent seule sur les gazons fleuris dont un printems éternel bordait son isle ; mais ces beaux lieux, loin de modérer sa douleur, ne faisaient que lui rappeler le triste souvenir d'Ulysse qu'elle y avait vu tant de fois auprès d'elle. Souvent elle demeurait immobile sur le rivage de la mer qu'elle arrosait de ses larmes ; et elle étoit sans cesse tournée vers le côté où le vaisseau d'Ulysse, fendant les ondes, avait disparu à ses yeux.

Télémaq. ch. I.

STYLE POLYGRAPHIQUE.

Calypso | pouvoir Ⓞ consoler g.départ g.Ulysse ; *b* G douleur Ⓖ | trouver malheureuse g.etre immortelle : G grotte | resonnêr + ab.G chant : Nymphe K | servir a.D | ôser d.D parler : Ⓖ | ppromener Ɨ *c* gazon fleuri ab.K printems éternel | border Gisle ; *j*— Hlieu beau, *w*—modérer G douleur, C | rappeler Ɨ d.D a.souvenir triste g.Ulysse a.K D | vvoir *v*D. D | ddemeurer immobile *c* rivage g.mer a.KD | arroser ab.G larme ; *a*— | Ⓖ tourner cesse *g* lcote où vaisseau g.Ulysse, fendre) a.onde, | disparoitre d.G œil.

LATIN.

TEXTE ORIGINAL.

L. Catilina, nobilis genere natus fuit magna vi et animi et corporis ; sed ingenio malo pravoque. Huic ab adolescentia bellaintestina, cædes, rapinæ, discordia civilis grata fuêre, ibique juventutem suam exercuit. Corpus patiens, inediæ, algoris, vigiliæ suprà quam cuiquam credibile est. Animus audax, subdolus, varius, cujuslibet rei simulator ac dissimulator, alieni appetens, sui profusus, ardens in cupiditatibus ; satis eloquentiæ, sapientiæ parùm. Vastus animus immoderata. incredibilia, nimis alta semper cupiebat.

Salust. Bell. Catil. cap. III.

STYLE POLYGRAPHIQUE.

L. Catilina natus ab.genus nobile | ab.vis a—g.animus, a—g.corpus, j—ab ingenium malum, a—pravum. Bellum intestinum, cœdes, rapina, discordia civilis d.C | gratum ab. adolescentia, a—ibi C | exercere a. juventus G. Cor-

TRADUCTION LITTÉRALE.

D. Catilina né de famille noble, était de grande force et d'ame et de corps, mais d'un génie mauvais et dépravé : les guerres intestines, le meurtre, les rapines, la discorde civile lui étaient agréables dès son adolescence et là il exerça sa jeunesse. Un corps endurant de la faim, du froid,

pus patiens g. inedia, algor, vigilia+credibile. Animus audax, subdolus, varius, simulator a—dissimulator g.res, petens alienum, g.G profusus, ardens b cupiditas. Eloquentia, sapientia. Animus vastus] ccupere... immoderatum incredibile, altum.	de veille plus que croyable. Une ame audacieuse, fourbe, inconstante, simulant et dissimulant de toute chose, désirant le bien d'autrui, du sien prodigue, ardent dans les désirs. Assez d'éloquence, peu de science, esprit immodéré, il désirait toujours les excès, les incroyables et les très-hauts.

Quoique la poésie ne soit pas du ressort de la Polygraphie, j'ose y transcrire les vers suivans qui sont si pleins de sentiment, qu'à la mesure près, ils ne perdront rien de leurs beautés dans la traduction littérale.

Ætas parentum pejor avis, tulit
Nos nequiores, mox daturos
Progeniem vitiosiorem.

Horat. Od. l. III, od. VI.

Style Polygraphique.	Traduction litterale.
Ætasg.paréns pejor+avus] fere a.A nequior a.dare† a.progenies+vitiosus.	L'âge des parens pire que les ayeux engendra nous plus méchans, qui bientôt donnerons race plus vicieuse.

Pour la parfaite intelligence de ce passage, il faut le relire avec attention, et aider un peu à la lettre.

L'âge des parens. Quoique le mot latin *ætas* ait plusieurs significations, le sens de la phrase exige qu'on l'explique ici *âge* ou *tems*, comme on le fait dans les traductions ordinaires et dans la lecture de sa propre langue.

Pire que les ayeux. Comme il seroit absurde de comparer l'âge aux ayeux, il faut nécessairement que l'adjectif *pejor*, quoiqu'écrit au singulier, se rapporte aux *parens* et non à *âge*, et que le poëte veut dire que les parens étaient pires que les ayeux. Mais de quels parens et de quels ayeux est-il question ? Nous le verrons incessamment.

Engendra nous plus méchans. Le mot latin *fere* ne peut être expliqué ici que par engendrer. Qui nous a engendrés ? Nos parens, ou, ce qui revient au même, l'âge de nos parens ; c'est donc de nos ayeux et de nos parens qu'il s'agit. Voilà trois générations dont la réputation est déjà faite ; nos ayeux, nos parens et nous-mêmes, l'une plus méchante que l'autre.

Qui bientôt donneront une race plus vicieuse. Qui donnera cette race ? C'est nous, car le participe futur prochain a.*dare* † est a l'accusatif pluriel comme le pronom Á *nous*, ils sont donc tous deux le régime du verbe | *fere* engendra. Ainsi le sens complet du passage est : *nos pères pires que nos ayeux nous ont produits, nous, qui sommes encore plus méchans qu'eux, et qui produirons, à notre tour, une race qui nous surpassera en méchanceté.*

ITALIEN.

TEXTE ORIGINAL.

Didone vedova de Sicheo, dopo esserle stato ucciso il marito da Pygmalione suo fratello rè de Tyro fuggì con immense ricchezze in Africa, dove comprato sufficiente terreno edificò Cartagine. Fù ivi richiesta in moglie da molti, e particolarmente da Jarba rè de Mori, e sempre ricusò, dicendo, voler serbar fede al cenere dell' estinto consorte. Intanto Enea Trojano essendo stata distrutta la sua patria dai Greci mentre andava in Italia, fù portato da una tempesta nelle sponde dell' Africa, e ricevuto e ristorato da Didone, la quale ardentamente se n' invaghì; ma mentre egli compiacendosi dell' affetto della medesima, si tratteneva in Cartagine fù dagli dei commandato che abandonasse quel cielo, e che proseguisse il suo camino verso Italia; dove gli prometevano che dovea risorgere una nuova Troja. Egli partì e Didone disperatamente, dopo avere invano tentato di trattenello, se uc cisse.

Argomento di Didone. P. Metast.

STYLE POLYGRAPHIQUE.	TRADUCTION LITTERALE.
Didone vedova g.Sicheo morte *a*. g.H. a.K ∣ uccidere Pygmalione Gfratello (1) re g.Tiro , ∣ fugere *g*.richézza immensa *b*.Africa , dove ∣ comprare) terreno D ∣ edificare Cartagine. Ivi I ∣ richiedere a.D ∣ *z* moglie *a*—particolarmente Jarba rè g.Mauro; *j*—D ∣ rricusare.. dicere) voler serbar fed. cenere g.consorte estinto. *x*—Enea Troja , distruzione *a* g.G patria *m* grécia ; *p*C ∣ andare *b*Italia ; tempesta∣ portare a. C *c* sponda g.Africa dove Didone ∣ ricevere *a*—ristorare a.C a.K D ∣ amare , *j*—*p* Ⓒ compiacere) g.affetto g.D ; Ⓒ ∣ trat-	Didon , veuve de Sichée , après la mort de celui-ci qu'a tué Pygmalion son frère , roi de Tyr, s'enfuit avec richesses immenses en Afrique , où ayant acheté terrein suffisant, elle bâtit Carthage. Là plusieurs demandèrent la en mariage , et particuliérement , Jarba ; roi des Maures ; mais elle refusait toujours , disant vouloir conserver la foi aux cendres du mari défunt. Cependant Énée le troyen , après la destruction de sa patrie par les Grecs , pendant qu'il allait en Italie , une tempête porta le sur les côtes de l'Afrique , où Didon reçut et restaura le , lequel elle aima beaucoup. Mais pendant que se plaisant de l'affection d'elle , il s'arrêtait à Carthage , les Dieux commandèrent ui

(1) C'est-à-dire de Didon ; car si c'était le propre frère de Sichée , il y aurait un point dans le pronom G.

tenere b Cartagine , dio[l] | commendare d.C abandonare a.H clima a—proseguire G camnino l Italia ; dove C[l] | promettere d.C a. Troja nuova. C | partire , a—Didone | tentare invano a g.tratenere a.C , (C) | uccidere disperatamente.

d'abandonner ce climat et de poursuivre son chemin vers l'Italie, où ils promettaient à lui une Troie nouvelle. Il partit, et Didon, après avoir tenté en vain de retenir le, se tua de désespoir.

ESPAGNOL.

TEXTE ORIGNIAL.

Hizome el cielo, segun vosostros dezis, hermosa, y de tal manera, que sin ser poderosa à otra cosa, à que me ameys os mueve mi hermosura. Y por el amor que me mostrays, dezir, y aun quereys que estè yo obligada à amaros. Yo conozco con el natural entendimiento que Dios me ha dado, que todo lo hermoso es amable, mas no alcanço, que por razon de ser amado, estè obligado lo que es amado por hermoso, à amar à quien le ama. Y mas que podria acontecer; que el amador de lo hermoso fuesse feo : y siendo lo feo digno de ser aborrecido, cae muy mal el dezir : quiero te por hermosa, has me de amar aunque sea feo.

Dom Quichotte, liv. 2, chap. 13.

STYLE POLYGRAPHIQUE.	TRADUCTION LITTERALE.
Cielo | hazer a.A hermosa, y.B dezir, a—ab.tal manera que ser poderosa d.otra causa, E hermosura muever a.B d.amar a.A. a— i amor a.K. B mostrar d.A, B dezir a—querer A—ser obligada d.amar a.B. Aconozer g.entendimiento natural a.K Dios | dar d.A que hermoso ser amable : j—A alcançar que amar) a.I i hermosura H—ser obligado g.amar a.H K.amar a.C, a—mas que O.poder acontecer, que amador g. hermoso | —ser feo : a—feo ser) digno g.ser aborrecido, O caer mal dezir : A querer a.B i hermosa, B deber amar a.A. k—A—ser feo.	Le ciel a fait moi belle, selon vous dites, et de telle manière que sans être puissante à autre chose, ma beauté excite vous à aimer moi, et pour l'amour que vous montrez à moi, vous dites et demandez que je sois obligée d'aimer vous. Je connais avec l'entendement que Dieu a donné à moi, que tout beau est aimable ; mais je ne comprends pas que aimant quelqu'un pour la beauté, celui-ci soit obligé d'aimér celui qui aime le. Et de plus il pourrait arriver que l'amateur du beau fût laid : et le laid étant digne d'être abhorré, il convient très-mal de dire j'aime toi pour beauté, tu dois aimer moi, quoique je sois laid.

PORTUGAIS.

TEXTE ORIGINAL.

Eu vos mando, filho, com este soccoro a Diu, que pelos avisos que tenho, hoje estarà cercado de multidaõ de Turcos; pelo que toca a vossa pessoa naõ fico com cuidado, porque por cada pedra daquella fortaleza arriscarey hum filho. Encomendo-vos, que tenhais lembraça daquelles de quem vindes, que para à linhagem saõ vossos avôs, et para as obras saõ vossos exemplos; fazey por merecer o appellido que herdastes acordando-vos que o nascimento em todos he igual, as obras fazem os homens differentes.

Vida de dom Joaõ de Castro.

STYLE POLYGRAPHIQUE.	TRADUCTION LITTÉRALE.
Filho! A mandar a.B *g* H soccorro d.Diu, K*m*aviso a.K Ater, cercado | hoje ab.multitudao g.Turco; *i* H tocar d.F pessoa. A ficar cuidado *g*, *o*—*i* pedra g.H fortaleza A arriscar I filho. A encomendar a.B, ter lembrança g.H ab.K B vir K ser F avo; *m* lingagem, *a*—F exémplo *m* obra; fazer B *i* merecer a.appellido a.K B | herdar, B ac–	Mon fils, j'envoie vous avec ce secours à Diu, qui par les avis que j'ai sera assiégé aujourd'hui par une multitude de Turcs; pour ce qui touche à votre personne, je reste sans inquiétude, car pour chaque pierre de cette forteresse je risquerais un fils. J'exhorte vous d'avoir souvenir de ceux de qui vous venez qui sont vos ayeux par la lignée et vos exemples par les actions. Faites pour mériter l'appellation que vous avez héritée, en vous rappelant que la naissance est

cordar) que nascimento ser igual *b* I, obra fazer a homés differente.

égale dans tous : les actions font les hommes différens.

ANGLAIS.

STANZA PRIMA.

The nightingale now wanders in the vines :
Her passion is to seek roses.
I went down to admire the beauty of the vines ;
The sweetness of your charms has ravish' d my soul.
Your eyes are black and lovely ,
But wild and disdainful as those of a stag,

STANZA II.

The wished possession is delayed from day to day.
The cruel sultan Achmet will not permit me
To see those cheeks more vermillion than roses.
I dare not snatch one of your kisses ,
The sweetness of your charms has ravish' d my soul.
Your eyes are black and lovely ,
But wild and disdainful as those of a stag.

STANZ III.

The wretched Ibrahim sighs in these verses ,
One dart from your eyes has pierc' d thro' my heart.
Ah ! when will the hour of possession arrive ?
Must I yet wait a long time ?
The sweetness of your charms has ravish' d my soul.
Ah ! Sultana ! stag-ey' d angel amongst angels !

I desire, and, my desire remains unsatisfied.
Can you take delight to prey upon my heart.

STANZA IV.

My cries pierce the heavens!
My eyes are without sleep!
Turn to me, Sultana-let me gaze on thy beauty.
Adieu. — I go down to the grave.
If you call me — I return.
My heart is - hot as sulphur; — sigh, and it will flame.
Crown of my life, fair light of my eyes!
My Sultana! my princess!
I rub my face against the earth; — I am drown'd in scalding tears — Y rave!
Have you no compassion? will you not turn to look upon me?

Letters of mylady Montaigu. Let. XXX.

STANZA I.

<table>
<tr><th>Style Polygraphique.</th><th>Traduction litterale.</th></tr>
<tr><td>Nightingale now wander b viné.</td><td>Le rossignol rode à présent dans les vignes :</td></tr>
<tr><td>G passion d.seek rosé.</td><td>Sa passion est de chercher des roses.</td></tr>
<tr><td>A | go down i admire beauty g.viné ;</td><td>Je descendis pour admirer la beauté des vignes ;</td></tr>
<tr><td>sweetnets g.F́ chárm | ravish E soul</td><td>La douceur de vos charmes a ravi mon ame.</td></tr>
<tr><td>F́ éye black a— lovely, j— wild a— disdain ful = H́ g.stag.</td><td>Vos yeux sont noirs et aimables, mais sauvages et pleins de dédain comme ceux du cerf.</td></tr>
</table>

STANZA II.

Possession wished delayed ab.day d.day :
Achmet sultan cruel wille permit d.A
See a.H cheek vermillion + rose.
A dâre snatch I g.F kisse, sweetness g.F charm | ravish E soul,
F eye black *a*— lovely, *j*— wild *a*—disdainful=Hg.stag.

La possession désirée est différée du jour au jour:
Achmet sultan cruel ne veut pas permettre à moi
De voir ces joues vermillions plus que roses.
Je n'ose pas ravir un de vos baisers, la douceur de vos charmes a ravi mon ame.
Vos yeux sont noirs et aimables, mais sauvages et pleins de dédain comme ceux du cerf.

STANZA III.

Ibrahim wretched sighs *b* H verse, I dart g.F eye | pierce *u*E heart.
Q! when hour g.possession arrive | .? mus A yet wait time?
Sweetness g.F charm | ravish E soul.
Q! sultana ! stag ey'd angel *u*angel! A desire, *a*—E desire remain satisfied. Can B take delight d. prey upon E heart?

Ibrahim le malheureux soupire dans ces vers, un dard de vos yeux a percé à travers mon cœur.
Ah! quand l'heure de la possession arrivera-t-elle ? Faut-il encore attendre long-tems ?
La douceur de vos chara ravi mon ame.
Ah! sultane! œil de cerf, ange parmi les anges! Je désire et mon désir est non satisfait.
Pouvez-vous prendre plaisir à arracher mon cœur?

STANZA IV.

E crié pierce a.heaven! Eéye sleepg! turn B d.A, Sultana. Let B a.A gaze F beauty.	Mes cris percent les cieux! mes yeux sont sans sommeil! Tourne-toi à moi, sultane, laisse-moi voir ta beauté.
Adieu A go down d.grave; if B call a.A, A return. E heart hot=sulphur; SighB, a—C flame |.	Adieu. — Je descends au tombeau. Si vous m'appellez, je reviens. Mon cœur est ardent comme le souffre; parle et il s'enflammera.
Crown g.E life, light fairg.E éye! E sultana! E princess! A rub a.E face earth i; A drownd b téar scalding A rave! hâve B compassion? will B turn d.look cA?	Couronne de ma vie, lumière belle de mes yeux, ma Sultane, ma princesse! je frotte mon visage conte terre, je suis noyé dans des larmes chaudes, je suis en délire! N'avez-vous pas compassion? ne voulez-vous pas vous tourner à voir sur moi?

Le lecteur qui ne connaît pas les divers caractères des phrases suivantes, doit se rappeler ce que j'ai dit plus d'une fois que, pour lire et écrire une langue en polygraphie, il n'est pas nécessaire d'en connaître les lettres; ainsi, sans s'arrêter à la prononciation des mots, il en cherchera la signification dans les dictionnaires et observera les signes polygraphiques qui les accompagnent.

Il observera d'ailleurs que les langues orientales s'écrivent de droite à gauche, que les voyelles y sont rarement exprimées, et que, dans les dictionnaires de ces langues, les verbes ne commencent point par l'infinitif, mais par la troisième personne singulier masculin du passé.

Les mots italiques répondent aux signes polygraphiques. J'ai oublié de prendre cette précaution dans les traductions précédentes ; mais le lecteur remédiera à cette négligence en cherchant les diverses significations des signes dans leurs tables respectives.

On voit au reste que je n'ai pas suivi exactement toutes les règles polygraphiques, et cela, à cause du défaut de caractère dont j'ai parlé plus haut, sans quoi, le style polygraphique aurait été encore plus concis et plus clair qu'il ne l'est.

ALLEMAND.

Hugo. Unser Ehe gehört nicht zu den glücklichen. Zwietracht und Kälte haben sich zwischen uns gelagert, fressen den bessern Theil unsrer Stunden weg, und verwandeln den Honig in Galle. — Sieh nur, der Ehestand bleibt immer eine Kette. Die erste Liebe wikelt zwar Rosen darum; aber sie faulen entlich ab, und das kalte drückende Eisen bleibt.

Edles und unedles Blut ist von einer Farbe; nicht die Wiege, sondern das Sterbebette macht unsern Adel kund.

Heinrich Zschokke.

Style Polygraphique.	*Traduction Littérale.*
É ehe zugêhören d. glüklich, zwietracht *a*— kälte | O camlageren *q*Â, *a*— wegfressen a. beste theil g. É stünd *a*— verwandeln a. honig *b* Galle. sehen B I, ehestand bbleibt... kette. Liebe wickelen zwar róse *r*D; *i*— D abfaulen endlich, *a* — eisen kalte drücken bleiben.	(*) *Notre* mariage *n'*appartient *pas aux* heureux; discorde *et* froideur *se sont* campées *entre nous, et* dévorent *la* meilleure partie *de nos* heures, *et* convertissent le miel *en* fiel. Vois *seulement,* le mariage reste *toujours* une chaîne. *Le premier* amour entoure, il est vrai, des roses *autour d'elle, mais elles* tombent *en* pourriture à la fin, *et* le fer froid et pesant reste.
Blut Edeles *a* — edêles ab. I farbe; wiêge, *j*— g. tod —bette künd É adel.	Sang noble *et non*-noble sont *d'une même* couleur; *non* le berceau, *mais* le lit *de* mort, *fait* connaître *notre* noblesse.

ARABE.

العالم بارض ميلاده كالذهب في معدنه

طول التجارب زيادة في العقل

اطلب الجار قبل الدار والرفيق قبل الطريق

Style Polygraphique.	*Traduction Littérale.*
عالم G *b* ارض = دهب G *b* معدن.	Le savant *dans son* pays (est) *comme* l'or *dans sa* mine.
تجآرب عقآل (1).	*Beaucoup* d'expérience, *beaucoup* de sagesse.
طلب a.B جار *a* دار *a* ـ رفيق *a* طريق.	Connais *le* voisin *avant la* maison, *et le* compagnon *avant la* route.

HÉBREU.

אח בלי מום לא תבקש כי יוליכך הזמן בלי אח.

החכמה תפלל את החכם והכסיל את החכמה.

(1) Les tirets mis sur ces deux mots ne sont point des *phatah*, mais des *longues*, et signifient *beaucoup*.

לפי מעטהו יכבד איש בבואו ולפי שכלו בצאתו.

Style polygraphique.	*Traduction littérale.*
בקֹשׁ B אח מום g, o- זמן הוליך | a B אחg.	Ne cherches *pas* un ami *sans* défaut, *car* le temps menera *toi sans* ami.
חכמה פלל a: חכם a- כסיל a חכמה.	*La* sagesse juge le sage; *et le* sot *la* sagesse.
איש הֻכָּבֵד; בא Gy מעטה a-) צאת Gy שכל.	L'homme (*est*) honoré; *en* arrivant *selon son* enveloppe, *et en* partant, *selon son* esprit (1).

RABINIQUE.

נפישין גמלי סבי דטעינין משכי דהוגני.

חמרא אזיל למבעי קרני אודני דהוין ליה שקלו מניה.

Style polygraphique.	*Traduction littérale.*
גמלא סבא טעין ab משכא g הוגנא.	Des chameaux vieux sont souvent chargés de peaux des jeunes. (Les jeunes gens ne sont pas sûrs de survivre aux vieillards).

(1) Le russe a le même proverbe : *Po platyou ouvstrétchayoute, po oumou provojayoute.* On va à la rencontre d'un homme selon son habit, et on le conduit selon son esprit.

חמרא | מיזל ‹ מבעי קרנא | תוב אודנא g.	L'âne étant allé postuler des cornes, est revenu sans oreilles. (L'ambitieux perd souvent ce qu'il possède, sans obtenir ce qu'il recherche).

J'ajoûterai encore une phrase hébraïque pour montrer la manière de traduire, sans le secours des dictionnaires, une langue dont on ne connaît seulement pas les lettres.

Style ordinaire.	*Style polygraphique.*
לא נחיה לבעבור אכול רק נאכל לבעבור. חית:	חיה Â *i* אכל , *j*. — c.

Comme je suis prévenu que l'hébreu se lit de droite à gauche, je commence par observer, dans cette direction, les signes et les lettres polygraphiques; je reviens ensuite au premier mot à droite, et considérant qu'il n'a d'autre signe que celui du négatif et qu'il est suivi d'un pronom sans point d'interrogation, j'en conclus qu'il est un impératif négatif actif ou neutre, à la première personne pluriel.

Je passe au second mot; je vois qu'il n'est marqué d'aucun signe, et qu'il est précédé d'une préposition; donc, c'est un substantif singulier, ou un infinitif actif ou neutre. Une partie de ce doute est levée par les deux lettres suivantes *j*-c. *mais contraire*, qui supposent que le dernier mot est en opposition au premier, par conséquent qu'il est aussi un impératif. Ainsi, sans savoir la signification précise de ces deux mots, je suis du moins certain qu'ils sont alternativement impératifs et infinitifs ; je sais d'ailleurs, que le nominatif de la phrase est *nous-mêmes*, et qu'il s'agit d'une action qui dépend de nous ; je puis donc traduire la phrase provisoirement : *ne faisons pas*, ou *ne soyons pas*, A *pour* B ; *mais contraire* : *faisons* ou *soyons* B *pour* A.

Je consulte enfin le dictionnaire, et voyant que le premier mot signifie *vivre*, et le second *manger*, je complète la phrase, et la rends par : *ne vivons pas pour manger, mais contraire ;* c'est-à-dire, en bon français : *il ne faut pas vivre pour manger, mais il faut manger pour vivre.*

On voit par toutes ces traductions, que l'on saura toujours la signification précise de la majeure partie de la phrase, et toutes les modifications du reste, sans le secours du dictionnaire ; de sorte, que la polygraphie produira sur l'esprit à-peu-près le même effet que produisent sur les yeux les *panorama* de Paris et de Londres qui, offrent la vue générale d'une place, et en montrent distinctement une grande partie ; avec cette différence, qu'au *panorama* il est impossible de satisfaire pleinement sa curiosité, comme on le fera en polygraphie, à l'aide du dictionnaire.

Si le public accueille favorablement cet ouvrage (1), j'en publierai un autre, avec lequel il formera une langue complète et vraiment universelle, qu'il sera très-facile d'apprendre par cœur en peu de tems, et même de parler, du moins, en grande partie.

Le merveilleux de cette annonce disparoîtra, quand on aura considéré que l'usage a rendu plusieurs noms propres substantifs ou adjectifs, verbes ou adverbes, ou tous les quatre à-la-fois, comme *græcari* en latin; *cristianare* en italien;

---

(1) On m'a rapporté que des gens d'*esprit*, qui avoient entendu la lecture de cet ouvrage en manuscrit, l'ont condamné, de crainte qu'il ne fasse négliger l'étude des langues.

Que les gens d'esprit sont bêtes! Faut-il proscrire l'arbre-pain, de crainte qu'il ne fasse négliger la culture pénible du bled?

Je ne m'arrêterai pas à réfuter cette objection absurde; je dirai seulement que la polygraphie, loin d'être nuisible à l'étude des langues, lui sera très-favorable, en accoutumant insensiblement les personnes de langues diverses, à une seule et même syntaxe, en leur facilitant l'intelligence du petit nombre d'idiotismes qu'elle laisse subsister; enfin, en les familiarisant avec les lettres étrangères, qui leur paroissent d'abord si bizarres, qu'ils seroient tentés de les prendre pour des hiéroglyphes.

germaniser, latiniser, damasquiner, judaïser, judaïque, judaïsme en français; enfin, dans toutes les langues, on nomme les grands orateurs *Cicéron*, les grands peintres *Raphaël*, les gourmands *Appicius*, etc.

Voilà la langue universelle toute trouvée; car rien n'empêche d'étendre l'usage en question à trente ou quarante mille noms propres, d'en former un dictionnaire, et de les décliner et conjuguer polygraphiquement pour les rendre universellement intelligibles.

Tel étoit le projet que j'avois formé d'abord; mais ayant considéré le tems et la dépense qu'exigeroit la composition d'un dictionnaire de tant de milliers de noms qui, d'ailleurs, sera inutile, tant qu'il n'aura été traduit dans toutes les langues, du moins, dans toutes celles de l'Europe, j'ai changé d'avis, et au lieu d'un dictionnaire volumineux, je me contenterai d'un vocabulaire écrit en polygraphie que les étrangers sauront lire, à l'aide d'un dictionnaire de la langue française (1).

---

(1) Il faudra seulement traduire dans les autres langues, quelques règles que je mettrai à la tête de ce vocabulaire, ainsi qu'une partie du présent ouvrage, qui lui servira de base.

Ce vocabulaire, que j'appelle *nomographique*, sera composé de quelques centaines de noms, choisis parmi les plus célèbres dans l'histoire et dans la fable, dont chacun sera accompagné de tous les mots non-synonymes qui ont quelque rapport au caractère ou aux actions du héros de ce nom. Tous ces mots seront classés et numérotés de la manière qu'on verra par l'article suivant :

Achille.
- [1] bravoure, [2] constance, [3] fierté, [4] audace.
- [11] brave, [12] constant, [13] fier, [14] audacieux.
- [21] braver, [22] être constant, [23] être fier, [24] oser.
- [31] bravement, [32] constamment, [33] fièrement, [34] audacieusement.

C'est-à-dire, que tous ces numéros seront mis sur le nom d'Achille ; de sorte, qu'Achille[1] signifiera *bravoure*, etc. Achille[11] *brave*, etc. Achille[21] *braver*, etc. Achille[31] *bravement*, etc.

La préposition *anti* changera Achille en Thersites, et lui donnera les significations opposées à celles qu'on vient de lire ; ainsi, *anti*-Achille[1] signifiera *lâcheté*; *anti*-Achille[2], *inconstance*, etc.

On voit par cet exemple, que les mots seront

classés dans cet ordre : substantifs, adjectifs, verbes et adverbes, et que chaque classe sera numérotée par une autre dixaine (1).

Cependant, pour ne pas grossir inutilement l'ouvrage, je n'y mettrai que la dixaine de substantifs, et le lecteur saura y ajouter les trois autres, d'après la règle que je viens de donner.

Après le caractère d'Achille, viendront, dans l'ordre historique, tous les mots relatifs à ses actions; neutres, actives, passives, réfléchies et réciproques, et seront numérotées de la manière suivante :

Achille se *déguiser* [61] (2) en fille ; se *brouiller* [101]

(1) Je les numérote par dixaine, étant persuadé que le nombre de mots non-synonymes dont sera composée chaque classe, n'excédera pas celui de dix.

Si un nom est célèbre par plus d'une qualité, comme celui de Numa Pompilius, qui étoit religieux et pacifique ; les mots relatifs à une qualité, seront exprimés en chiffres arabes ; les autres, en chiffres romains, en lettres grecques, hébreux ou arabes, qui ont des valeurs numériques.

(2) C'est-à-dire, *il s'est déguisé*, ainsi tous les infinitifs sont mis pour le passé. Au reste, il ne faut faire attention qu'à ces infinitifs mis en italiques, les régimes qui les suivent, ne sont ajoutés que pour l'exactitude poétique.

avec Agamemnon ; se [141] *séparer* de l'armée grecque ; se [181] *réconcilier* avec elle ; [221] *venger* la mort de Patrocle, [261] *tuer* Hector ; [301] *traîner* son cadavre autour de Troye ; [341] *être blessé* au talon (1).

C'est-à-dire, que tous les mots, ou plutôt toutes les idées relatives à la première action, seront numérotés depuis quarante-un jusqu'à quatre-vingts inclusivement ; ceux de la seconde, depuis quatre-vingt-un jusqu'à cent vingt inclusivement, ainsi des autres : de sorte, que chaque action occupera une quarantaine à commencer de la seconde, et chacune de ces quarantaines sera divisée comme la première, en quatre décades, dont la première exprimera le substantif, la seconde l'adjectif, la troisième le verbe, et la quatrième l'adverbe.

Mais pour abréger, je n'ai mis ici, et je ne mettrai dans le vocabulaire que la décade des verbes, et le lecteur saura en former les trois autres (2).

---

(1) Pour rendre tous ces verbes, passifs, réfléchis ou réciproques, on y ajoutera les signes polygraphiques, dont j'ai parlé à l'article de la conjugaison.

(2) Comme Achille, [41] *déguisement*, Achille, [51] *déguisé*, Achille [71] *déguisement*, ou d'une manière déguisée *simulatè*.

Les numéros de la dernière quarantaine seront marqués d'un point en bas, selon la règle polygraphique.

Les numéros oisifs de chaque décade serviront à en modifier le sens, comme on le verra ci-après ; de sorte qu'on distinguera à la vue des numéros, les diverses parties de l'oraison, et toutes leurs modifications ; ce qui dispensera très-souvent les personnes instruites dans l'histoire et dans la fable, de consulter le vocabulaire, surtout pour les numéros de la première et de la dernière quarantaine ; car la qualité et la fin d'un héros, exprimées par ces deux quarantaines, sont généralement mieux connues que le reste de sa vie (1).

On voit, au reste, que le seul nom d'Achille exprimera plus de trente idées : il me suffira donc de quelques centaines de noms célèbres bien choisis, pour compléter la langue universelle, c'est-à-dire, pour exprimer toutes les idées qu'on ne saura rendre ni par les signes polygraphiques, ni par les autres moyens dont je parlerai incessamment.

---

(1) Par exemple, tout le monde sait que César étoit très-ambitieux, et qu'il a été poignardé, cependant la plupart des personnes ignorent ce que c'est que *Flamen dialis*, *Rubicon*, *Pharsale*, etc.

Bien entendu que l'ouvrage en question sera composé de deux parties, dont la première commencera par les noms propres, et l'autre par les mots français. Il est inutile d'ajouter qu'il y aura des renvois, pour éviter les répétitions.

Cependant, les deux parties réunies seront beaucoup moins volumineuses qu'aucun dictionnaire de poche. Car, outre la suppression des noms de nombre, des pronoms, des prépositions, des conjonctions, des interjections et de plusieurs autres mots qui seront exprimés par les signes polygraphiques, je supprimerai encore tous les mots composés et dérivés, que le lecteur saura former lui-même (1). Je supprimerai également tous les mots du genre féminin, comme *vache, jument, chèvre, etc.*, qui ne seront distingués du masculin que par la première lettre, comme je l'ai

---

(1) Par exemple, pour exprimer *concours, concourant, concourir* et *concuremment*, on mettra cette proposition *g* avant le nom *d'Ajax*, qui signifiera *cours, courant, courir, couramment*, selon le numéro. On formera de même toute sorte de compositions, sans s'embarrasser de l'usage; on écrira, par exemple, *emboutiquer, déboutiquer, enmagasiner* et *démagasiner*, comme on dit *emballer, déballer*. Quant aux dérivés; ils seront exprimés par un chiffre renversé, comme je l'expliquerai à la tête de l'ouvrage.

dit plus haut à l'égard du mot latin *patruelis* : par exemple, *Apis* signifiera *bœuf*, et *apis*, *vache* ; *Ocyroé*, *cheval*, et *ocyroé*, *jument*; *Amalthéa*, *bouc*, et *amalthéa*, *chèvre*.

Quant aux adjectifs féminins, ils sont absolument inutiles dans une langue qui n'admet point de distinction de genres.

Comme il n'y a point de synonymes dans la langue idéale, je n'en mettrai qu'un seul, même de ceux qui ne sont pas regardés comme tels, et qui n'expriment cependant qu'une seule et

101

même idée, par exemple, *Juno*, que je traduirai *accoucher*, signifiera en même-tems, non-seulement *enfanter*, mais encore *faire des petits*, *mettre bas*, *pouliner*, *vêler*, *etc.* (1). *Crier*, *aboyer*, *hurler*, enfin les cris de tous les animaux seront exprimés par le seul nom de *Stentor*.

On voit bien qu'après toutes ces réductions, il restera à peine la moitié de la langue, dont je retrancherai encore une grande partie, qui sera exprimée soit par la préposition *anti*, soit par les nouvelles compositions et dérivations dont j'ai parlé dans l'avant-dernière note.

---

(1) Le latin, l'hébreu et plusieurs autres langues, ne sont pas plus galantes à cet égard; elles n'ont qu'un seul verbe pour toute espèce d'enfantement.

Il résultera de tout cela que la majeure partie de la langue universelle sera composée, pour ainsi dire, du *néant*, qui sera cependant contenu avec la partie réelle dans un petit manuel qu'on aura bientôt appris par cœur.

Mais, dira-t-on, que deviendront les mots qui sont relatifs aux inventions modernes, et les noms des plantes et des animaux qui ne pourront pas entrer dans la composition de votre ouvrage?

A cela je réponds que les mots relatifs aux inventions modernes seront exprimés par des noms célèbres modernes, sur-tout, par ceux des auteurs de ces inventions. Quant aux noms des plantes et des animaux qui ne pourront pas entrer dans mon ouvrage, ils resteront dehors, sans qu'il y ait de ma faute; car je ne m'engage point à faire un dictionnaire encyclopédique : il suffit que mon vocabulaire contienne ou suppose tous les mots d'usage qui se trouvent dans le dictionnaire de l'Académie française, pour suffire à la correspondance journalière.

Cependant, comme je ne connois pas encore au juste les bornes de mon ouvrage, qui est à peine commencé, il est possible que je ne puisse pas y insérer les noms de plusieurs objets des trois règnes qui se trouvent dans ledit dictionnaire : si cela m'arrive, je formerai de ces noms un supplément où ils seront classés et accompagnés de noms des consuls romains, de ceux des papes, des empereurs et des rois, mis en ordre chronologique.

Comme ce supplément ne sera composé que de substantifs, il suffira de les numéroter par classe de cette manière.

Tous les noms de la première classe seront numérotés 01 ; ceux de la seconde 02, de la troisième 03, etc.; le zéro servira à distinguer ces numéros de ceux du corps de l'ouvrage, par exemple, $\overset{61}{\textit{Cicero}}$ signifiera *sauver la patrie*, et $\overset{061}{\textit{Cicero}}$ signifiera *aigle*, *marbre*, ou quelqu'autre objet.

On pourroit composer dans la suite des dictionnaires entiers de tous les arts et de toutes les sciences avec ces mêmes noms des consuls, des papes et autres; et pour les distinguer, il suffira de barrer le zéro dans chaque dictionnaire d'une autre manière.

J'ai dit plus haut qu'il sera possible de parler la langue *nomographique*, voici comment :

On prononcera les lettres capitales et italiques, A, Bé, Cé, Dé, etc. par lesquelles on exprimera les pronoms, les prépositions, les conjonctions et les interjections, de la manière indiquée plus haut.

Après les lettres italiques, on aura soin d'ajouter un de ces deux mots : *præpositio* ou *conjunctio*, pour les distinguer.

Les autres parties de l'oraison seront exprimées avec toutes leurs modifications, par les noms propres, et par une vingtaine de mots latins exprimant les nombres cardinaux; c'est-à-dire, qu'on prononcera ces noms avec leurs numéros, exprimés ou sous-entendus, dans le vocabulaire, de la manière qu'on va voir.

Le pluriel des noms et des verbes sera exprimé par l'addition de la lettre *s*; si le nom se termine par cette lettre, on y ajoutera la syllabe *es*, comme Juno, *Junos*; Vénus, *Venuses*.

Prenons pour exemple cet article du vocabulaire: Vulcanus[61], *chauffer*, dont on formera, selon la règle, le substantif Vulcanus[41], *chaleur*; l'adjectif Vulcanus[51], *chaud*, et l'adverbe Vulcanus[71], *chaudement*, qui seront prononcés: Vulcanus quatraginta unum; Vulcanus quinquaginta unum; Vulcanus sexaginta unum; Vulcanus septuaginta unum.

Pour décliner le substantif, on ajoutera au nom et au numéro, les premières syllabes des cas obliques, de la manière suivante:

Singulier.

N. Vulcanus quatraginta unum.	*la chaleur.*
G. Vulcanus quatraginta unum, gé.	*de la chaleur.*
D. Vulcanus quatraginta unum, da.	*à la chaleur.*
A. Vulcanus quatraginta unum, ac.	*la chaleur.*
A. Vulcanus quatraginta unum, ab.	*de la chaleur.*

Pluriel.

N. Vulcanuses quatraginta unum.	*les chaleurs.*
G. Vulcanuses quatraginta unum, gé.	*des chaleurs.*
D. Vulcanuses quatraginta unum, da.	*aux chaleurs.*
A. Vulcanuses quatraginta unum, ac.	*les chaleurs.*
A. Vulcanuses quatraginta unum, ab.	*des chaleurs* (1).

Les degrés de l'adjectif seront exprimés de cette manière :

Positif. Vulcanus quinquaginta unum,	*chaud.*
Comparatif. Vulcanus quinguaginta duo,	*plus chaud.*
Superlatif relatif. Vulcanus quinquaginta tres,	*le plus chaud.*
Superlatif absolu. Vulcanus quinquaginta quatuor,	*très-chaud.*

On exprimera de la même manière les degrés de Vulcanus adverbe, en le numérotant successivement 71, 72, 73, 74.

Le verbe sera conjugué par les neuf numéros vacans de sa décade, de la manière suivante :

Infinitif.

Vulcanus sexaginta unum, *chauffer.*

INDICATIF PRÉSENT.

Singulier.

A. Vulcanus sexaginta unum, *je chauffe.*

---

(1) Cette longueur déplaira peut-être aux commençans ; mais quand on y sera une fois accoutumé, on pourra abréger le numéro, en les prononçant, par exemple, *quatraun.* On pourra aussi supprimer entièrement les cas obliques, comme on le fait souvent en latin, sans qu'il en résulte la moindre obscurité.

B. Vulcanus sexaginta unum, *tu chauffes.*
C. Vulcanus sexaginta unum, *il chauffe.*

Pluriel.

A. Vulcanuses sexaginta unum, *nous chauffons.*
B. Vulcanuses sexaginta unum, *vous chauffez.*
C. Vulcanuses sexaginta unum, *ils chauffent.*

Imparfait, ou passé récent.

A. Vulcanus sexaginta duo, *je viens de chauffer.*

Parfait, ou passé simple.

A. Vulcanus sexaginta tres, *j'ai chauffé.*

Plus que parfait, ou passé éloigné.

A. Vulcanus sexaginta quator, *j'ai chauffé jadis.*

Futur prochain.

A. Vulcanus sexaginta quinque, *je vais chauffer.*

Futur simple.

A. Vulcanus sexaginta sex, *je chaufferai.*

Futur éloigné.

A. Vulcanus sexaginta septem, *je chaufferai, dans la suite.*

Impératif.

Vulcanus sexaginta unum B., *chauffes* (1).

Participe.

Vulcanus sexaginta octo, *chauffeur.*

Gérondif présent.

Vulcanus sexaginta novem, *en chauffant.*

---

(1) Comme l'impératif est distingué du présent par la transposition du pronom, il est inutile d'y changer le numéro.

Passé.

Vulcanus septuaginta, *ayant chauffé.*

Le subjonctif sera exprimé comme l'indicatif, avec cette différence qu'on y prononcera le petit nombre avant le grand, comme :

Present.

A. Vulcanus unum sexaginta, *que je chauffe.*

Imparfait.

A. Vulcanus duo sexaginta, *que je vienne de chauffer.*

Parfait.

A. Vulcanus tres sexaginta, *que je chauffasse.*

On peut encore exprimer les tems par des gestes, en traçant de la main en l'air des lignes simples ou croisées, en haut ou en bas, selon le tems que l'on voudra exprimer. Comme ce langage muet peut être utile dans quelques circonstances, j'en parlerai avec détail à la tête de l'ouvrage.

J'y indiquerai aussi la manière d'exprimer le passif, le réfléchi et le réciproque, ainsi que les nombres ordinaux, collectifs; enfin, toutes les modifications que j'omets ici, et cela, par un petit nombre de règles qui préviendront toutes les difficultés, et apprendront à parler couramment, dans quelques heures de tems.

Pour résumer en peu de mots le mérite de la *nomographie*, il suffit de dire qu'elle sera composée de l'alphabet capital et italique, de quelques centaines de noms propres (1) et d'une vingtaine de mots latins ; qu'elle exprimera toutes les idées, sans aucune irrégularité ni équivoque ; qu'elle sera une langue immortelle, vu, que les élémens dont elle sera composée ne sont pas sujets aux caprices de l'usage, ni aux évènemens politiques qui altèrent les langues, les subdivisent en dialectes, ou les confondent et finissent par les détruire entièrement ; enfin, elle deviendra en peu de tems une langue universellement parlée.

Malgré la bonne opinion que j'ai de cet ouvrage, je ne finirai pas avec l'insolence d'un ancien comique par *plaudite ;* mais l'intérêt des lettres m'oblige de dire : *properate plaudere, vel sibillare ;* car l'incertitude où je suis sur le sort du présent ouvrage, m'empêche de m'occuper de la nomographie, dont il formera la base, et dont la composition exige beaucoup de tems ; d'autant plus, qu'elle doit être contenue dans un très-petit volume.

(1) Comme plusieurs noms propres ont été défigurés dans diverses langues, je les mettrai tous en latin, comme *Pompeius, Cato, Stephanius,* etc. Il est vrai que le latin ne se prononce pas de la même manière dans tous les pays ; mais la diversité des prononciations n'empêche pas de s'entendre au bout de quelques minutes. Au reste, je proposerai dans l'ouvrage une prononciation universelle et facile, où il n'y aura que l'*h* aspirée qui coûtera quelque peine aux Italiens et aux Russes.

FIN.

www.ingramcontent.com/pod-product-compliance
Ingram Content Group UK Ltd.
Pitfield, Milton Keynes, MK11 3LW, UK
UKHW020957230726
13923UKWH00007B/744

9 782019 126490